U0061998

叮嚀與棒喝

——校長的說話

楊永漢 著

葉 序

楊永漢校長——我的老弟，跟我相交相知三十多載，是位性情中人。以我所知，他愛護天倫，以真摯至誠，盡獻心力，對待父母兄弟親友。他很珍惜友誼，對朋友具俠氣義氣，有求助於他必傾全力而為。這樣的人，投身教育工作，作教師當校長，實學子之福。他對待學生，亦師亦友，滿懷熱情熱血，傳道、授業、解惑，師道堅持外，更因得到學生的信任，很多時學生會向他吐心事及求助，他亦定必言教身教並重力助。這是他從事教育界多年以來，得到無數學生尊敬愛戴的原因。他是孔聖堂中學校長，也是位儒家信徒，重視以仁義恕德立身處事待人接物的道理，教導學生「做人的宗旨」。他在力行實踐方面，不忘費心力，撰寫內容涵融孔道諸德美行，藉週會或不同場合集會向學生宣揚，給學生作為思考學習，汲收建立美好人格的營養，美善用心，日就月將，使學生對孔道從了解敬仰而嚮往實踐，影響大而深遠。

當今之世，教育宗旨對學生抱開放態度，表面上有利其可自由選擇思想鍾情者來發展人生路向，實則在年青人心智未成熟時期，受老師教育思想的誘導、影響至為巨大。因此倘在用心不良者操控培育下，會產生如當年的德國青年，以征服全世界、滅絕猶太人為天經地義的邪惡意識形態；會使日本明治維新後日本舉國的青年，以征服統治野蠻的中國人為己任；會使中國在文革時期的紅衛兵一往無前的助瀾推波，釀成中國史無前例的十年浩劫。

古人云：「以學校殺後世，有如按劍伏兵。」意即在學校灌輸離經叛道的邪惡思想給學生，已使他們有急於按劍出鞘、殺盡異見者的衝動。也等於這些受思想荼毒者、給不良意識形態殺了天良的下一代，將會是後世社會禍亂不息的兇殘伏兵。於此可見教育在「種思想，收行為」的連鎖因果關係中，是何等重大。

永漢老弟以灌輸孔仁孟義的儒家思想給學子為己任，殷殷期待的是「以學校教育後世，如播仁籽收義果，開萬世泰平」，正與上述的異端邪說相反。他在兢兢業業之餘，把涵融孔孟諸德美行、引導學子人生思想正確取向的講稿成集付梓，更顯得意義深長。對於負有撥亂反正、宣揚孔孟儒道、益澤學子的這一本書，深信內容思想能激起大家認同的波瀾，很值得把書向年青人推介！

葉玉樹　謹序

2020 年 12 月 6 日

疫災聖誕年

自序

1980年，是我決定以教學作為終生職業的一年。

那年我剛進入大專，為了賺取學費和零用錢，大部份同期同學都會當補習老師或到私校教學。私立學校亦十分樂意聘請像我們這類的學生，盡量安排不與大專課堂衝突的節數，原因是薪金較正常教師少三成至一半。我人生第一間任教的學校，是位於佐敦道南京街商業大廈內的聖瑪利奧中學。當年是任教初中英語及當1C班的班主任，如此，就在這裏開展我的教育生涯。

班上的程度相差甚遠，英語良好的同學已經能用英語交談；較差的同學，連廿六個英文字母亦不能順序唸出。男班長程度最高，女班長卻是不服輸的女孩，兩位班長經常鬥氣。有次英語默書，兩人都誓要爭取一百分，相信默書前已是鬥嘴無數次。最後男班長是一百分，女班長是九十多分，看來男班長刺激得女班長很深，她竟然跑去自殺。同學告訴我後，大夥急忙跑上小食部的露台，看見女班長還在哭泣。我當場對她說，生命的比拼，輸一次就認輸，那太沒出色了。她聽了之後，哭着的走到我身旁，其他同學就擁着她一起哭了起來。當然，男班長滿臉愧容，不好意思。由於他過於高傲，往後我對他特別嚴格。有次他在我面前哭了起來，說我針對他。我跟他說，因為他程度最高，無論我如何嚴格，他也是班中最高分的同學。這樣才稍緩他委屈的感覺，當然，他還是班中最高分。

考試前，我教英語句子的現在式及過去式，還有句子結構，即主位、動詞、謂位。不知何解，怎樣教他們都好像「一嚿雲」。唯有放學分批補課，連續了好幾天，逐一發問，全都答對了。我滿懷高興的擇了日子，給他們試前測驗。結果？是我人生第一次感覺頭暈心跳，好像有血從胸口湧出來。補課的同學，幾乎全部不合格。我在班上罵得很厲害，頭暈得不得了，要靠牆倚着，否則會倒下來。

其後我想了一個辦法，若果全班合格，一同到酒店吃自助餐；八成以上合格，我請吃午飯；六成以上，每人一支雪糕甜筒。這個有效了，超過六成同學合格。放學後，數十人跑到彌敦道的雪糕店，排隊吃雪糕。

大專約在 5 月考試，我提前了幾個月辭職，預備考試。沒有告訴同學，我每位同學送了一紙過了膠的書籤，寫上他們的名字和勉勵的說話。中期試以後，我就沒有回校，其他老師告訴我，整班學生在課堂上痛哭，要我緩和他們的情緒。否則，新來的老師無法上課。我聽了後，很愕然，很不舒服，為何他們反應會如此強烈。但我還是淡淡的說了，若見了他們，情況可能更差。

某日，在家中接了個電話，說要找「楊 Sir」，我剛答了我是，他已哭起來說：「阿 Sir，我們好掛住你！」我很詫異的說：「你們怎會知我的電話？」原來全班同學，拿起黃頁（當年電話公司會出版的電話簿，收錄全港電話號碼的用戶名字，厚厚的幾千頁）分組逐一向姓楊的電話撥號，一定要與我聯絡上。我當時的感動，根本無法形容。我告訴同學我也惦念他們，只是怕相見時大家都不捨得。我告訴他不要再打電話了，我會安排見面。那夜，如何入眠？是這班小朋友給了我無限的溫馨與驕傲，我有這樣重情的學生。這夜，我向自己承諾，終生不出賣我的學生。夜沉沉，心更沉沉。

我安排了在中式酒樓見學生，每組五人，每次十分鐘。這次我接到很多禮物，男班長寫了一封信給我，女班長送了個玻璃擺件給我。四十年了，我還記得他們的禮物。在

自序

本書中，介紹過一位曾給我體罰的同學，事後竟向我道歉，說我打他是為他好。那次，是我第一次，亦是最後一次的體罰，他，就是這校的學生。往後，我要轉校，必先通知學生，並將電話給班長，叮囑他們，有任何事發生，都可找我。那年，我剛好廿一歲。

第二間兼職的學校也是在商業大廈營運，名叫維新中學，現在卻找不到任何有關資料。這次是任教於下學期，任教的班有個別稱叫「地獄門」，是我第二次的挑戰。上課時，我大約用一半課堂教書，其餘時間是互動，與同學討論不同的議題，哪個歌手的歌較好？父母無理的責罵如何處理？世界有沒有鬼等？同學都很投入，尤其是鬼故。我藉這些議題，教育他們正確的人生觀。

學生很容易起哄，通常我是整班處罰。有次一位女同學向我哭訴，說自己從來都沒有嘈吵，為何每次也受罰？我告訴她，同學如兄弟姊妹，有事當然一齊承擔。她似乎接受我的解釋，點點頭離開了。但這次以後，我會先說認為自己沒有嘈吵的同學可以坐下，其他同學不可質疑，由同學自己的良知判斷。這方法用了數十年。

我用了同樣的獎賞手法勉勵同學學習，但忘記了是午餐抑或是雲吞麵，都有同樣的效果。默寫〈愛蓮說〉一章，竟然是全班合格，連主任也要見見我。我告訴主任，因為是每一個錯字扣一分，所以全部合格。我解釋學生有分數，是表示他們已着實溫習過，要鼓勵同學向學，先要給他們信心。

有次一位女同學缺席補課，她來見我，原因是她放學要到快餐店兼職。我隨口問幾錢一小時，她回答四元八角。我聽後忽然怒氣湧上，拍枱大罵：「你的青春只值四個八一小時嗎？站在門口一小時，我給你四個八！」她就站在教員室門外，沒有作聲。一位前輩老師走到我面前問：「你知她家庭經濟嗎？你知她有沒有零用錢嗎？你知她是否要給家用嗎？知你關心同學，但要先了解，才作決定。」這真是晴天霹靂，我難過到不得了。我走到同學面前說：「我剛才因為關心你，出言可能過了火，不要站在這裏了。」女同學剛才沒哭，現在卻痛哭了。

離開維新，某年在街上碰到這班同學，竟然在熱鬧的街上向我大叫，擁着我不願離去。

往後也任教過幾間學校，當時新界的學生很可愛，純樸天真，過年過節會送我應時的禮物，月餅、臘鴨等。大專畢業後，全職任教的學校是靜宜女子中學。女孩子很調皮，卻又細心，我常常收到小禮物。上課時，同學將日本男星近藤真彥的照片貼在黑板上，還說聽書聽得悶，看看照片會提神。任教高中時，我放學後和同學一起「操卷」，其他班的同學知道後，也要求一起「操卷」。我當然沒有反對，但主任對我的行為有異議，認為會傷害其他同事的自尊。可是，我仍是容許其他班的同學一起補課。補課幾個月後完結，同學竟送了一支很名貴的原子筆給我，到現在還在用。

畢業後全職教學的神態

放學後，有幾位同學很喜歡與我論學及談談未來。有位同學不斷的跟我談話，甚至跟我一起到我任教的夜校上課。她到外國升學前，致電給我，希望能與我討論生命前途，談至差不多通宵達旦。我班的班長彭同學是一位細心而盡力的女孩，我離開靜宜後，由她主導，讓我經常與同學聚會。因此我知道哪位同學發展很好，哪位婚姻有問題，哪位同學健康有問題，直至我搬家，才少了接觸。

某年，我與內子到百貨公司購物，忽然有位職員很雀躍的大叫「楊 Sir」。我一時意識不到，只淡淡的看了她一眼。她高興的說是我學生，我點頭微笑，沒有太大反應。在回家路上，忽然記得這同學就是當年端午節送糭子給我的那位。因此，第二天我回到百貨公司，希望與她敍舊。可是，那天她放了假。到現在，仍覺得欠了她一句「近況可好」。

後來轉至荃灣聖芳濟中學，是我一生最快樂的教學時期。感謝校長張少坡修士容忍我舉辦另類的活動，包括海上宿營、探訪內地（當年手續頗複雜）、通宵留校等，還有一些因為家長不准學生參加而最後沒有成功的活動，如跳崖、踹火炭等。其次是副校長、訓導主任及中文科主任等都對我放縱，我表現不佳的事情，他們會扛下來。副校長幫我中文打字出試卷、科主任修改試卷內容，卻從不罵我等等。首十年，與學生享受無限青春激情：背着大型唱機，赤膊在公路上唱歌；由碼頭行上山頂宿營，中途有同學中暑休克，一路扶他，一路罵他；野外講「鬼故」，連社工都驚真的有鬼出現；其他如午夜練功夫、早上看日出、師生自由搏擊等等都印在我們的青春夢裏。難忘在修士院廚房煲當歸、在VA Room通宵等放榜，在圖書館偷看李小龍、洪金寶的影帶。後者雖然給校長撞破，但他只微微一笑，第二日才問我電影叫甚麼名字，彼此至今說起仍會心微笑。當時我的別稱是「肥Ann」，學生都當我是「大佬」，並以為我隱藏着蓋世武功。

荃濟的學生追求知識的熱誠，達到匪夷所思的地步。他們可以拿着《新五代史》、《純粹理性批判》、《資治通鑒》、《史記》等來請教，其餘如《戰爭與和平》、《西遊記》、《雙城記》等，更不在話下。中三的同學計微積分，中五的同學看 *Scientific American*。最難忘的是有學生研究張先的詞，還有同學背了差不多三分之一的《古文觀止》。經常有同學放學時在學校門口把我截着，一定要我一起到

聖芳濟是我一生最快樂的教學時期，還獲學生送上熱吻呢！

餐廳「吹水」。同樣，也有學生跟着我到夜校上課，甚至有同學一路傾談，從荃灣一路談到我在鰂魚涌的家，他才回荃灣。

第二個十年，我是學生的導師，他們的戀愛故事、升學選科、人生目的、家庭問題、徬徨的人際關係等，我都參與過。在我家中，有很多失戀的淚水。我通常喝着酒，聽他們的故事。我的別稱變了「肥楊」，離校前學生叫我「阿公」。我問同學，是甚麼意思？原來他們所有的糾紛與爭執，由我決定了，就不再爭持。在荃濟的最後幾年，我成為副校長，原來不能再與學生「攬頭攬頸」了。有次我去探營，以為同學會與我一起參與活動，誰知到了之後，全體站立，聽我的訓話。雖然我的形象在每個階段，有不同的內涵。但在歡送宴上，仍然有同學在台上抱着我哭泣。

孔聖堂中學正值轉型的階段，我到任校長，是要從傳統的學校，擴展至有國際色彩的學校。首先與欖球總會合作，成為香港第一間欖球學校，由欖總派教練到校上課。學校又參加了「世界學堂」，與德國、丹麥、美國、印度等等不同國家的中學結盟。我帶領學生參加學生世界研討會、交換生計劃、德國中學生音樂節等項目。我要求學生面對不同國籍的學生，表現要大方得體，能用英語介紹儒家思想。幾年下來，學校的特色就是真正的國際化，學生可以到德國、丹麥、美國等中學上課。當然，同學也接待來自世界各地的同學，例如德國和印度同學的電車遊、澳洲同學的欖球比賽、丹麥同學的文化之旅等等。除此之外，我還邀請了世界級政商界名人訪校，由學生接待，如蘇格蘭首席大臣 Mr. Alex Salmond 到訪，由中一學生接待；法國駐港總領事 Mr. Eric Berti，由法國學生接待；愛爾蘭總

蘇格蘭前首席大臣 Mr. Alex Salmond 到訪孔聖堂

法國前駐港總領事 Mr. Eric Berti 訪問孔聖堂

領事 Mr. Peter Ryan，由傑出學生接待，並被邀請成為愛爾蘭學生大使。同學曾告訴我，我給他們的交流機會，是終生難忘的經驗。

學校行政樓裝修，我堅持校長室一定要有窗，因為我希望學生有任何問題時，只要見到校長在室內，就可進來與我傾訴。學生的家庭、經濟、交際、情緒問題，成為我生活的一部份。每年到我家探望及會面的同學，三十多年了，都令我應接不暇，但只要有空檔，我還是喜歡與他們暢談。

將近退休，回憶過往，學生給了我無窮無盡的思考空間。透過他們的經歷，讓我知道人生的無奈與順逆，清楚生命的終極追求，尤其是先我而離開的學生，他們用生命教曉我無常與堅持。感激學生在混濁洶湧的塵世，給我透示一線和光；感激一切的善緣與魔考，使我不斷歷練。

本書內容大都是曾發表的作品，包括《信報》、樹仁大學《仁聲》以及不同團體刊物和專欄等。全書分叮嚀篇，記對學生的期望與訓勉；棒喝篇，記受爭議的行為或觀念；哲藝篇，記有關思想及藝術的文章；鴻爪篇，記各地遊歷感懷及追憶往事；雁聲篇，懷念已逝前賢及同學。就任校長期間，我曾接受不同媒體訪問，包括《亞洲週刊》、香港電台、中國文化院、《灼見名家》、《明報》、《信報》、《HK01》等等，現將其中較有代表的訪問節錄附書末，希望能跟讀者分享我的教學理念。這次刊印，筆者改動了一些行文及內容，未必與初版完全相同。

最後，感激葉玉樹老師為我寫序。他是我崇拜的老師之一，學問淵博，語言天韻自成，說話激勵人心，處理同學事情恰到好處。諸生對他是仰之彌高，鑽之彌堅。還有內子梁綺芬女士，過去數十年，她同樣視我的學生如子女。高峰時，每年有過百學生探訪我，內子都備酒管炊，遇有煩擾的同學，更容我與他們傾談通宵達旦。沒有這樣的妻子很難成就我與學生的深厚感情。

楊永漢

序於 2020 年冬

目　錄

棒喝篇

哲藝篇

鴻爪篇

雁聲篇

附 錄

叮嚀篇

最後一次體罰學生

有一次聽林湘雲校長演講，説他的教育生涯中，最難忘的一件事是他掌摑了一名學生。數十年前，當時體罰是很普通的，他初任老師，有次上課時，有位同學不斷説話，他多次勸喻無效，怒氣沖天，上前一掌打下去。孩子哭了，他隔鄰的同學説：「老師，他是個聾子！」全班窒息了。可以想像到當時林校長是多麼的難堪！類似的事情也曾發生在我身上。

八十年代初，我剛出道教書，同樣地遇到一位嘴巴永遠不停的同學，我也同樣地掌摑了他。結果？他竟跑來向我道歉，還説老師打他，都是為他好。事實上，我不是為他好，甚至討厭他，打他只想發洩不滿。那次的體罰是我成為老師後第一次執行，亦是最後一次在盛怒之下體罰學生。

一個毫不相識的小朋友，走進班房，就因為你是老師，在情感上，已信任你。就因為你是老師，第一次見面，你就可一掌打下去。請捫心自問，我們作為老師的，有沒有第一眼見到頑劣學生就想栽培他們，帶領他們走完整的人生呢？

師生關係是甚麼？老師不在五倫之內，但五倫不得無師。自此以後，我以此為戒，從不放棄我的學生，除非學生放棄我。我二十來歲時，就當學生的大哥，帶他們宿營、爬山、跳船、在船上宿營、回內地旅遊等。人到中年，成了他們的導師，討論生命問題、宗教問題、愛情問題、事業問題。在我的家，很多同學都醉過、哭過、笑過。

另類學生活動：跳船！

八十年代，與同學討論活動。

八十年代，與學生聚餐。

八、九十年代，與學生討論全年活動。

我遇過很懶惰的學生，他隨時可以睡下來，花名「睡魔」，我擔心他身體有事，逼他看醫生，得出結果是肺部儲氧量特低。我遇過經常說謊的學生，每次我都相信他，最後他跑到我面前說：「老師，為甚麼那麼『低能』的大話，你竟然也相信？」我回答：「因為你是我的學生，我不必猜度！」有次有位同學偷了東西，任何老師問他，他都死口不認，我望着他說：「你老實對我說，是不是你偷東西？只要你說不是，我相信你，但請不要連相信你的人都欺騙。」結果他哭着承認了。

生命是個體，他有自己選擇的軌迹，同學亦然，老師只會在他們最有需要時提供輔助。有同學高考三科 A 以上，卻不選讀實用的學系，弄得他的家人要我出面勸喻，而我只提醒他將來物質回報不高。有學生告訴我喜歡做廚師，我說一定要試你的手藝。有學生跟我說很想「發達」，我說我總要有一兩個「發達」的同學，那麼做事或許會方便點。

老師要提示學生未有考慮的要點，若事事都以金錢、成就來衡量，是浪費了他們的精彩人生。老師是成就學生的理想，不是要學生成就老師的理想。

（原載於《信報》）

從老師到老師

農曆年期間，很多舊生來探望我，無論他們離校已二、三十年，抑或是剛剛畢業，總聽到一句：「老師，你當年上課時說⋯⋯」。究竟我有沒有說過這些話，我已記憶模糊，但細想一下，不覺心寒，原來我隨便的一句，隨時可以影響學生一生。老師們，小心說話。

跟舊生歡聚，左起鄧保頓基金經理莫家良、我、精神科醫生蔡永傑、香港大學廖舜禧。

小二時，由於資質魯鈍，我每次考試都有六、七科不合格。班主任劉老師，教我中文，放學後特別為我補課。無論她怎樣解釋，我都不明白課文，也不明白作文的格式。有一次，她解釋完後，我仍然犯了同樣的錯誤，她哭着的摑了我一掌。明天交功課，我還是犯同樣的錯誤，她拿着竹間尺不斷的打我掌心，然後走到老師桌前痛哭。這一情景，我永世難忘，很想上前安慰她。真的多謝她的關顧，多謝她為我而操心，更加多謝，她晚上與我一起吃飯。

小四時，我的成績表仍然是「滿江紅」，大部份科目不合格。班主任楊老師派成績表時說：「你不要姓楊，你『影衰』姓楊的人。」全班大笑，我則耿耿於懷，於今仍不能忘懷當日的侮辱。小五時，同樣成績低劣。英文科柯老師特別見了我，撫着我的頭說：「你可以做得更好，放學後我們一起溫書。」就這樣，放學後我專心溫習英文。但我仍然有着同樣的問題，就是無論老師如何解釋，我都是不明白。最後，柯老師說：「不要問，死記，多記自然明白的。」往後，英語科的成績都在八十分以上。某年大除夕，老師叫我不要早睡，看着時鐘，因為當新的一年來臨，舊的一年便永遠不會出現。我真的做了，當新年的第一秒來臨，我整個人撼動，哭了出來——六十年代從此永別。直至現在，每當大除夕夜，我仍有這種感覺。

上了大專，湯定宇老師說：「你們選擇了中文系，就要有勇氣與魄力承接將倒的中國文化。」當時，文化大革命剛結束，其他同學可能沒在意這句說話，但在我來說，就成了堅持研究、不放棄學術的支柱。

初初當老師，有種飄飄然的感覺，認為自己就是正確的化身，口若懸河，不思考所說。有次與舊生見面，一位已薄有成就的同學說：「老師，當年你教辯論時，我們找不到數據的來源，你叫我們隨便杜撰一個，反正沒有人求證。原來很有用的……」同學還未說完，我立即說：「對不起，我教錯了，真的教錯了。這是欺詐，以後不能再如此！」有一次聚會，同學說：「你教文學時，品評古今文章，月旦歷朝名人，我們多仰慕！」我說：「是嗎？我這樣自大嗎？其實我也沒甚麼學問，只多看幾本書而已。同學，記着『謙』是自我提升道德的第一步。」

我也忘記了何時開始，我教學生必須待人以誠，常與人善，思考自己是否做得最恰當，要有隨時被出賣而仍能堅持道義的心理狀態。老師的價值觀與對事情的看法，常常直接影響學生，也不知哪一句會深深嵌入學生的心靈。

老師們，慎言！

（原載於《信報》）

祈　願——新年反思

新的一年開始，期望同學珍惜未來的一年，要好好計劃。

祝願在校的同學，能訂立一年的計劃，改善自己的行為及成績。同學！無論現在你是怎麼樣的成績，都不要氣餒。低年級的同學，遇到得意的事情，往往會大叫；見到外來的訪客，也不懂得禮貌；發脾氣時，更會說粗話。高年級的同學，立了目標，往往不能堅持，過後才後悔。每當同學來到我的辦公室，訴說自己今年的奮進目標，我都勉勵他們，「堅持」是最重要的。

相信同學曾聽過希臘有一位很出名的哲學家蘇格拉底，他曾說，人之所以快樂幸福，就是因為提升了自己的道德水平，達至完整的人格。同學，試想想，你有沒有負面行為，例如貪睡、懶惰、沉迷遊戲機、說粗口、對別人沒禮貌等，我們都需要改善。小學時，我不高興時也會說污言穢語。為了減低粗口的次數，我請同學每聽我說一次粗話，就提醒我一下，務必讓自己有改善。我也很懶散，為了改變這習性，我要自己每天定下必須看書的承諾。如此，就堅持了十數年。唸大一中文系時，發覺自己能背誦的詩詞不足。我就限令自己每天背誦一首詩、一首詞，一年的時間下來，我背誦了七百多首詩詞。同學，努力實踐，就能達至自己的目標。試問能背誦七百餘首詩詞的學生，中文水平也不會太低吧！故此，肯努力，肯改善，必有回報。同學！過去的一年，永不回來，請珍惜來年，「天行健，君子以自強不息」。

若果發覺自己日常待人接物，已進退有據，這時候就要提升自己的道德水平，校訓是「孝悌忠信，禮義廉恥」。今日，我只解釋「孝」。父親恩難報，記在心裏。家母過身時，我才感覺到這句說話的真切性。雖然今日報章報道了很多虐兒的案件，但都是很個別的情況。我中學時，也和母親鬥嘴，甚至大學選科，也曾對罵。但留意，父母想你選擇較容易賺錢的學系，只是想你將來生活較有保障而已。到今日，我成熟了，才知道母親的一番心意。我相信，大部份父母都是真正無私奉獻給子女的。

離開學校繼續升學的同學，我曾對你們說「離開銅鑼灣，跳出香港，奔向世界」。我祝願你們進修自己喜歡的科目，經歷不同的經驗，以增進自己的智慧。我希望同學養成閱讀習慣，培植自己的好奇心，認識世界。同學！不要放下書本，不要做井底之蛙。在進入社會前，修自己喜歡的科目，爭取不同的經驗，擴闊胸襟和眼界。

正在社會工作的同學，可能忙於工作，無暇思考生命。但請記得「窮則獨善其身，達則兼善天下」。無論生活如何波折，也必須有自己的道德底線，俯仰無愧於天地。「臨難毋苟免，臨財毋苟得」，是自己的責任，永不推卸；不是自己應得的財物回報，絕不起貪念。

祝願每位同學都有寬恕的心，也能對別人的痛苦有同理心。同時不要以金錢衡量自己工作的成就，而要以影響多少人、對社會有多大貢獻作標準。

最後，祝願我的長輩，身體健康。

（原載於《信報》）

閱歷與成長——記德國中學生音樂節

年初我帶領十位同學到德國交流，其中六位是參與世界中學生音樂工作坊，四位參加交換生計劃。這次工作坊，是我校首次參與，全無經驗。由選拔到訓練，老師都誠惶誠恐，反而部份同學不太在意，缺乏對國際活動的認知感。訓練了接近兩個月，有老師建議只容許表現出色的同學參與。我思前想後決定，無論如何要給同學一次高水平的交流。

整個工作坊交流約一星期，首晚是接待來自不同國家的領隊老師，包括德國、美國、中國、香港等國家城市。我與是次音樂總監及負責人同席，席上除介紹自己學校外，都是討論今次工作坊的內容。

第二天早上，學生已要綵排。原來工作坊不獨是表演自己的項目，還要與其他地方的演出者合作表演。所有參加者要練習合唱，有獨唱、二重唱、部份同學唱高音，還有動作、打拍子等等。看見自己的學生有點手忙腳亂，我也替他們擔心。有同學告訴我，完全想像不到其他學校的水平是如此的高。由這天起，每天都要以英語交談，已有同學很後悔不好好學習英語，還差點哭了出來。

第三天的綵排，是來自不同國家近百人的交響樂演奏，每間代表學校都要派同學參與。我校同學負責小提琴及鋼琴。音樂聲一響，我也呆了，這根本就是國際級的演奏！同學起初有點怯場，慢慢也投入演奏中。事後我問同學心情如何？他們回答真是大開眼界，而且忽然覺得自己水平不足。我告訴同學，首先要問自己是否已盡力練習，若是，則不必介懷。每個人都有自己的長處，你們看到精彩的演奏，應該特別高興，記在心裏：「人之有技，若己有之；人之彥聖，其心好之。」（《尚書．秦誓》）視別人成功，猶如自己成功，懂得欣賞別人，不存嫉妒心、自卑心。

表演前的綵排，是由參加學校表演各自的項目。表演唱歌的，聲音圓潤，音域廣闊，能高能低，一唱一和，如泣如訴。表演樂器的，技巧純熟，尤其是來自中國、表演二胡的同學，他除了運用二胡與交響樂合奏外，獨奏更是引人入勝，響徹雲霄，驚嘆其技巧之熟練精深。

我校的同學，在綵排時已知自己的不熟練，於是亡羊補牢。老師教他們運氣，教他們入拍子，如何二重唱等，

帶領孔聖堂學生參與德國中學生音樂節，與各地學生進行高水平的交流。

同學認真綵排，值得讚賞。

他們都非常認真，不敢懈怠，與在校的態度有天壤之別。同學演出後，也贏得不少掌聲。

演出後的檢討，同學都承認自己訓練不足，有點不知天高地厚。有同學説，真的很後悔，沒好好學英語，沒好好練習，自以為是。坐井觀天，以為天是一個小圈，今日我的小朋友，卒之「望洋興嘆」。

回港後，有家長告訴我，他的小朋友少了「駁嘴」，多了謙虛。

（原載於《信報》）

修養與自重

看見一群青年進行「驅蝗行動」（蝗，是稱呼內地旅客的貶辭），內心有點難受，怎可用蝗蟲形容別人！因此特別在早會上與同學討論。我告訴同學，任何情形下都不應出口傷人，不應侮辱別人，尤其是對方不知自己的行為有問題時。

我們受教育就是要有修養，懂得尊重別人。香港承受不了自由行的人數，是自由行市民的錯嗎？政策上的錯誤，是追究制訂者，而不是自由行者。當年我到法國旅行，走進洗手間，看見一條長隊，有一廁格卻沒有人等待站立。我一個箭步就走進去，然後，聽到很多帶有惡意的法文。後來才知道，法國人不論多少廁格，都是排一條隊。我想，當時他們是罵我沒有文化，沒有秩序。

九十年代到英國留學，開學首個星期，整個宿舍嘈吵到不得了。我試過半夜接受不了噪音，喝令宿舍同學收聲。事後，還到舍監處投訴。誰知他大笑起來，說這是「Week One」，校方是容許學生搞活動的。發覺了自己不對，可惜我已與宿舍同學心存芥蒂。唯有轉房，重新開始快樂的宿舍生活。文化差異與價值觀不同，往往就會產生誤會。

文化差距，中間沒有對或錯，只是生活方式不同。在日本浸溫泉，不應穿泳褲；但在香港浸按摩池，卻有會所規定要穿泳褲。如果我們先了解別人的文化，接受程度就會較高。幾星期前與學生到湖北交流，當地很多市民隨地吐痰；到農間訪問，很多小孩隨街大小便。起初，同學覺得難於接受。我告訴同學，他們在農間長大，若農勤時內急，哪裏有廁所？因此，小孩當街大小便是人人都接受的。倘若，他們來到香港，隨街大小便，就麻煩了。古人說「入鄉問俗」，就是自重。可想而知，教育是如何的重要。

記得教育家陶行知曾經說「從文化的鳥籠中解放出來」，用自己的文化背景去批評別人，是不是有點不公平？當然，人亦貴乎自重。

（原載於《信報》）

立志、起步、堅持

小時候，接到成績表後，會整日不愉快，因為成績太差了。唸小學時，已喜歡看書，不知怎的，成績就是「全肥」。尤其是數學，差點患上數學恐懼症。老師們都很盡責，罰站背乘數表，默書不合格要打手心，以至功課太差，一掌一掌的摑下來。回家後，母親知道成績，又是一頓打，罰「扭耳仔」或跪祖先。每次被罰後，我都很內疚地向天發誓：「一定要努力讀書。」結果，三天也維持不了，繼續等待下次被罰。由於有這些經驗，我深切理解那些「想」痛改前非，最後卻一敗塗地的同學的心態。

改變來了！唸小五時，英文科老師指着我的功課，對我說：「試試多做幾遍，你一定會成功的！」又指着我的默書，對我說：「默書考記憶，一次默不上來，那麼五六七八次，總會背上的，就是怕你不堅持。」自此，每天看書成為我的習慣。

教學時，中一的甲同學走來對我哭着說，因為他是新移民，英文程度跟不上，就連基本的英語結構也不懂。我拿了幾本只有十數頁的英語童話給他。我要求他每天最少看一本，解不通就找我，之後他找了我幾次。後來，我漸漸便忘記這事。三年後的英語辯論比賽，我給甲同學最佳辯論員，才猛然記起當初如何教他學習英文。甲同學告訴我，他真的每天堅持看英文小說，現在差不多看了數百本英文書。他在會考和高考中，英語都是拿了A級。

學校邀請了一位精算師校友乙同學回校演講。演講差不多結束時，乙同學忽然說：「我要多謝楊老師，當年我說自己不是讀書材料，叫他不要迫我讀書。楊老師要我看着他，老實告訴他每天溫習了多少個小時。我回答基本上是沒有溫習。楊老師說你是不是讀書材料還是未知數，因為你根本沒有溫習過。去去去，回去每天溫習一兩個小時，成績如果還是這樣，才能說自己不是讀書材料。」現在的精算師，當年原來是大懶蟲。

中二的「小肥仔」丙同學來找我，說要下定決心，努力向前。我問他成績如何？丙同學很爽直的說：「留班。」我聽了幾乎笑出來，隨手拿了一本《史記》給他看，教他先看〈伯夷列傳〉，然後逐卷看下去。他幾次想放棄，給他父親罵了。結果？現在他在大學教中文。

學生的成功，不是我三言兩語就令到他們成功。只要再深入理解，就會發覺他們拚命堅持，總有特別原因，或者是受到別人奚落侮辱，或者是家境貧窮、父母無知、擔心自己的前途等等。一位同學大學畢業，發了一個短訊給我，告訴我從沒有人相信他能進大學，就只得老師由始至終叫他不要氣餒。現在的他，是英國倫敦帝國學院碩士。所以說，立志、起步都易，就是堅持難。

（原載於《信報》）

教學小趣

八十年代初到新界教書，還保存着一些傳統習慣。大節日時，老師會收到家長的禮物：端午節有糭、中秋節有月餅、做冬有臘鴨。有一次我問同學，新年是不是有生雞一隻？學生笑着說：「哪有這樣落後的傳統呢？」

有位同學上課經常睡覺，給老師罵時總是東張西望，全不放在心上。有次見他的漫畫畫得很漂亮，我要他為我畫一幅。他，面紅了。

一位中一學生拿了一支寫不出的原子筆向我求救，我不看一眼，就叫他另購一支新的。他的眼睛竟然紅了起來，我心感不妙，立即拿打火機來灼熱筆芯，再用粉紙試筆，仍然寫不出。我着他明天再試，可惜結果一樣。最後，兩師徒對着原子筆默哀。

上課時，有同學脫口而出：「阿爸！個字點解？」全班大笑起來。我說：「我是你的老師，不是你『阿爸』，下次不要叫錯。」同學回答：「知道了，阿爸！」

我經常對將畢業的同學說「兩忘煙水裏」，不能不重視感情，但不要太重視感情，因為「情」會隨時間而變。有次收到一張學生的感謝卡，寫道：「老師，每次見到煙，見到水，我都會記起你的教誨。」

班上最出色的學生，明年要參加公開考試。暑假前有一天，他望着球場不發一言。我問他是不是擔心公開試成績，他回答是。我說多溫習幾次吧！他回答說整個範圍已溫了六七次。我問他還是不懂得嗎？他說：「就係全部都識，先驚！」

成績不俗的甲乙兩同學竟然打起來，我喝止他們，並問打架的原因。甲說：「我成績差，乙便打我！」我責備乙同學說：「同學成績差，應勉勵他，不應打啊！」乙同學忿忿不平地說：「他考七十多分叫差，我六十多分是不是要死？」我轉眼望着甲，甲說：「在我來說，八十分才算合格。」

宿營時，同學提議講「鬼故」，我着怕鬼的同學要先睡，但每個同學都認為自己不怕鬼，我們談至深夜二時許才睡。恐怖的事情發生了，我的毛氈被拉開幾次。我心中一寒，用力一扯，發覺床邊多了一人，嚇得我大叫一聲！其他同學立即開燈，原來是丙同學，他面帶靦腆說：「老師，我怕鬼，睡在你旁邊『無咁驚』。」我說就算怕鬼，也不應扮鬼嘛。

師生宿營趣事多

有個同學很惶惑的走來問我，做人是不是要說實話，我說當然。他說：「我知道我對父母說我不喜歡讀書，他們一定很傷心。但，我若告訴他們我很喜歡讀書，自己卻很傷心。老師，應如何說？」「這個嘛……」

有兩位男同學共同戀上一位女同學，兩人上課常伏在桌上，有時哭泣，有時互相指斥對方不是。我和輔導老師發覺問題，就個別輔導他們。兩位同學都說他們的夢中情人很漂亮，因此兩人都不會放棄追求，會愛她一生一世。最後，我要求兩人將女同學送給他們的所有東西交我保管，考試前不可以與女同學接觸，兩人要互相監視。大家約定好了，要先專心考試，誰先接觸女同學，誰就要放棄追求。結果，他們整年也沒有接觸過那位女同學。

中七畢業同學在一次聚會忽然向我說，他們有一期望，希望我能幫他們完成。我回答說能做到的，一定幫。接着，他們叫我坐下，然後每個同學上前用手觸摸我的頭。

（原載於《信報》）

登高望遠

我帶領五位孔聖堂學生代表（黃綺媚、湯慧敏、李沅瑩、貝俊偉、伍勇希）出發往南京，參加世界中學生保護水資源研討會。

與我們同車的有德國的領隊老師 Mr. Eckhard Gaumnitz，他是德國 Stormamschule Ahrensburg 的副校長，該校位於德國北部，有超過一百年歷史。他帶領三名老師、六位學生來南京。Mr. Gaumnitz 之後成了我這幾天的「老友」。另外還有印度的代表老師 Mrs. Princess Franklyn，她是印度名校 St. John's High School 的校長，有兩位老師及三位同學同行參與。

第一天大家用過一頓極之豐盛的晚宴，晚宴出席者包括南京市鼓樓區教育局局長王強先生、南京市水利局副局長束文杰先生等十多位當地高官及社區名人，可見當地是如何重視此次活動。晚宴後，我們就回到四星級的酒店休息。

其後兩日，主要是參觀風景區及水利建設。我們最難忘的是遊覽長江水利建設，因為此航道是不對外開放的，這次是特別開放給學生了解長江的水質。美國的三位代表亦在這時到達，領隊老師是 Ms. Karen V. Pogoda，他們來自美國紐約的 Stissing Mountain High School。

其後幾天，我有點「強迫」同學每次與外國同學的英語交流，不能少於十分鐘。就這樣，他們很快與各國同學建立友誼。李沅瑩最主動，甚麼話題也可交流；黃綺媚較謹慎，很重視自己的發音；湯慧敏、伍勇希及貝俊偉都能自然地與各國學生交流。看印度同學的相簿，聽德國同學唱歌，還有他們低聲的交流，似乎沒有語言隔閡，大家都熟絡了。

一般情況下，學生綵排，我是不給意見的。只見同學為排位煩惱，為演説內容煩惱，為發音煩惱，就知他們是如何的認真。其他學校發現我校有排位以及身體如何面向觀眾的排練，紛紛仿效。我跟同學説，不必太緊張，因為沒有人比你們更熟悉你們的專題報告，你們大可充滿自信地演説。

最重要的專題報告日子來臨，研討會前由南京市水利局局長王凱先生發表專題演講。現場還有當地傳媒拍攝及訪問參加的同學，同學都表現得很興奮。第一隊發表報告的是德國同學，他們的投影稿編寫得很仔細，圖文並茂，就是演說得太急太快。他們的老師 Mr. Gaumnitz 不斷在台下皺眉，又不斷做動作提示。報告完畢，他整塊面皮拉長了。第二隊是王錦輝中學，他們的校長陳博士前兩天才到達。王錦輝中學的同學表現得非常出色，中間一節談及海水化淡，更以拍攝紀錄片手法表達，令觀眾大開眼界。

帶領孔聖堂學生參加世界中學生水資源會議，讓他們擴闊眼界。

同學在研討會上面對各國代表，表現毫不遜色。

下午的環節開始，我們排在印度及美國之後。當美國報告完畢，我們五位同學上台，一起鞠躬後才開始。同學分別在台的兩邊演說，令觀眾看到台上有動態和多角度，而並不單向。演說開始，就發覺他們的發音非常準確，娓娓道來，徐而不疾。中間有幾次突然停頓，但很快接上。語速跟投影稿非常配合，雖然內容不是最吸引，但他們的表達技巧，絕不遜於其他學校。同學報告完畢，我即時問我身旁的 Ms. Karen V. Pogoda 能聽到多少內容？Karen

給我的答案令我非常鼓舞——是百分之一百。她還強調沒有討好我校，而我們同學的缺點是還有一點東方人的口音。這裏，我真的要多謝黃副校長對他們的訓練。

會後，我跟同學檢討，原來幾位同學都說很緊張，所以說話有時停頓，不流暢。倘以我作為觀眾的眼光來看，實在看不出他們很緊張，勉強來說只是有少許怯場。

從這次研討會，我們知道德國保護水資源很成功，現在的煩惱竟是水太多，如何貯存、如何清洗水管成了他們的問題。美國的小鎮，常有污染的問題，國家提倡環保，可是他們溪水中的魚是不能吃的。印度缺水嚴重，但國人又不懂如何發掘食水。我們真的增廣了見識，認識了世界。

告別晚宴在五星級酒店舉行，所有參與過的單位主管、協辦單位代表等都有出席，與我較熟絡的是水利局的張文新先生，這幾天都有他陪着我們參訪，還帶我到夜市參觀。車隊進入酒店，約有八、九圍筵席，今晚沒有特別編排座位，隨學生喜愛，與自己較親近的同學同桌。德國、美國、印度、香港、國內的同學都隨意坐下。依依不捨之情油然而生，交換禮物、交換通信地址、拍照等動作此起彼落，整個會場鬧哄哄的。

我校的同學親自送贈紀念品給幾位代表老師。印度的校長是公主身份，她跟我說一定會探訪我校，又稱讚我校的校舍很優雅。德國的老師幾次在我面前讚賞我校的同學，少不了要與他們拍照。美國和德國的男同學很受歡迎，當地的女同學經常對他們無端尖叫，還索取簽名，也難怪，因為幾位外國男同學真的頗英俊。

學生表演的時間來到了。王錦輝中學表演樂器，同學絕不怯場，餘音裊裊，不絕如縷。美國同學及印度同學表演唱歌，觀眾都打着拍子和音，場面興奮。我校的黃綺媚和李沅瑩表演唱歌，是 *Today* 的中英文版，非常悅耳。伍勇希及貝俊偉表演柔道，在場上跳躍彈摔，非常認真。來到主人家育英學校的表演，土風舞之後，是他們男高音老師的一首 *O Sole Mio*，用普通話及意大利語唱出，歌遏行雲，繞樑三日。重頭戲原來是該校的跆拳道表演，他們的顧問是奧運金牌得主，學生表現真的讓人大開眼界，就連小學部的同學都能做到極難的動作，包括多次轉身踢板、凌空連踢三板等。

主客喝了點酒，更難掩離別之情，育英學校的華校長說每次到大家熟絡時就要離別。也好，給大家留下美好回憶。我希望這次國際研討會，可以給幾位小朋友一次難忘的經歷。經此一役，我相信他們將來遇到甚麼大場面，也不會怯場。有位同學說，很可惜兩年才一屆，否則明年他們一定表現得更佳。我相信你們，就算明天要上台，你們的表現一定都會很突出。

（原載於孔聖堂中學校網）

致畢業同學三篇

(一)

每年的畢業時節，總是在歡樂中帶點傷感。學生離開學校，走向一個「未知」的世界，挫折與失望幾乎一定會出現。各位同學，要有心理準備迎接不同的挑戰，凡事三思而後行；決定了，就勇往直前。

最近我與中學時期的同學聚會，快四十年了，記得的還是當年的「花名」，輸了比賽在洗手間發脾氣，午飯時如何作弄同學……不會忘記，只因學校是我們成長的地方。

我很高興，經常有同學到校長室與我討論哲學、前途、升學、人生價值、家庭問題等等，令我知道你們很純樸，充滿熱情，對未來有自己的理想。同學，「好仁不好學，其蔽也愚」，有熱情、有理想、也要有智慧。別人欺騙自己，知道了，由得他欺騙，這是胸襟；被人欺騙了，還蒙在鼓裏，這是無知；給人欺騙，還以為對方是善人，這是可憐。同樣是被騙，就是要看看你們的心靈境界。我經常在早會訓勉同學，登高望遠，胸襟要闊，眼界要寬。

你們都快將成人了，第一要戒貪。看看近期涉及高官的案件，全因一個「貪」字，令到自己名譽掃地。他們年輕時，哪個不是精英中的精英？哪個沒有理想？貪念是件恐怖的東西，記着。如何戒貪？「無欲則剛」，你沒有了過份的要求和冀望，行為自然端正。不要取自己不應得的東西，不要拿不正道的錢財。「不義而富且貴，於我如浮雲」，常常記着這句說話。其次是捨財，寧人欠我，莫我欠人。將自己喜愛的東西，與他人分享，多作善事，幫助有需要的人。

你們逐漸長大，父母年紀也漸長，要多留意父母身體，不要嫌棄他們囉嗦。最後，問問自己：人生終極的追求是甚麼？這問題就留給你們自己思考，記着不要令自己空過一輩子。民初弘一大師（李叔同先生）寫了一首《送別》，那時代很多畢業聚會都會唱這歌。文辭感人，言盡而意無窮，當年我聽了也傷感了一陣子，且錄一節與你們送行：「長亭外，古道邊，芳草碧連天。晚風拂柳笛聲殘，夕陽山外山。天之涯，地之角，知交半零落。一壺濁酒盡餘歡，今宵別夢寒。」

（二）

中學階段的完結，是人生另一階段的開始。中學生活是令人難忘的，同學間沒有猜疑，誰人勤力？誰人懶惰？誰人小器？大家都了然於胸，懂得調節及融和。離開中學後，一是繼續升學，一是到社會工作，兩者都與中學生活說再見。我記得朱自清一篇文章是與青春說再見，那時我雖然只是小學生，但文章對我的震撼很大。「莫負青春」四個字就烙在我的腦際。「青春」是熱血與理想的借代詞，我們有青春，就對不公平發聲；我們有青春，就對未來充滿期望。

大專時，我與幾位同學回到國內旅行，沒有預備與策劃，看到公共巴士就上車，看到火車就衝上去。上世紀八十年代初，國內的貧窮，我想現在的同學是沒法想像的。有次到肇慶，整條街道沒一人有完整的衣服穿，所有小孩都是赤腳。我們就在此國度沉思國家的前途，思考生命的意義，大家都沉吟心痛。

八十年代到國內隨興旅遊，莫負青春！

有一個很深的記憶，長存我腦際。在往湖南的火車上，擠滿了人，擠擁得沒法寸進。車內衛生很差，乘客內急，可以就地小便，腥膻滿廂。另外，三人一排的座位坐了六、七人。由於車程是七、八小時，每個站立的乘客都一寸一寸的逼向有座位的乘客。對罵聲，責怪聲，此起彼落，當時我的一排已坐了六、七人，我心生煩厭，但無可奈何！忽然，有一婆婆向前再逼近，我的同學竟然起立，拖着婆婆的手，讓出自己的座位。四周的乘客，都被同學這突然的舉措愣住了。我急忙向同學勸說，七小時的車程啊！他微微一笑，甚麼也不說，這令我看到甚麼是「君子無終食之間違仁，造次必於是，顛沛必於是」。我牢記在心，往後我的生活，都不會因環境逆順，而改變自己的行事態度。同學！要堅持自己應有的氣度和行為，真的要有內在的反省。

我很喜歡與同學談論他們的家事、愛情、前途，甚至對人生的看法，同時我都毫無保留的告訴他們，有關我的經驗。很難忘，同學的眼淚；很難忘，同學的惆悵；也很難忘，同學的笑容。畢業以後，面對沒法預知的社會發展，唯一可應對的，就是你們的道德底線。建立自己的完整人格和獨立思想，不隨波逐流。

離開校園，始知那裏是溫室。社會，必然有不公平；社會，必然有欺詐；社會，必然有失敗。面對未來的困厄，必須有「橫逆加於我身，必反躬而自省，不怨天，不尤人」的勇氣與反思，終生保持赤子之心，以真誠待人。縱然窮困厄苦，仍不改初衷，保有獨立人格與尊嚴，仰不愧於天，俯不怍於人。

（三）

每年面對畢業生，都有一點傷感。唸中學時，我很享受學校生活，思想簡單，情感豐富，容易大悲大喜，暴雨狂歌，臨風暢詠，不知天高地厚。這就是青春！離開校園，進入社會，發覺是兩個世界，要懂得遷就別人，要懂得保護自己。多次「碰釘」後，知道寡言多聽，知道每人的立場不同，視野不同，價值觀不同，學懂了「和而不同」。但，到此境界時，人已步入中年。

我嚮往閱歷、旅遊，八十年代初曾在國內隨興旅遊，在沒有地圖下曾在非洲迷路，曾在沙漠看星星，曾睡在歐洲的機場，亦曾睡在英國的油站旁。這些經歷，訓練了我的獨立意志、解難能力、胸襟修養。

同學！莫負青春，珍惜追求理想的年華；莫負一腔熱血，保持追求公平公義的心；莫負上天給予我們的「善」，對人，對萬物存有敬意、愛意。未來的生活，無可避免的會遇到挫折與不公，甚至委屈與侮辱。記着，這是生命的一部份。佛家說：「煩惱即菩提」，意思是遇到困擾或挫折，就是增進智慧的時機。孟子說：「天將降大任於斯人也，必先苦其心志，勞其筋骨，餓其體膚，空乏其身，行拂亂其所為，所以動心忍性，曾益其所不能。」無論是佛祖或是孟子，都根據自己的經驗說出以上的說話，這不是空談，是經驗。好好記着，尤其是當各位遇到挫折磨難時。

追求知識是生命另一重要環節，「古之學者為己，今之學者為人」，意思是古代的學者是追求自己學問的不足，現代學者是根據社會需要而追求學問。其分別是前者有個人意志，獨立精神；後者是隨波逐流，討好時尚。中間沒有對錯，只是一個現象。希望各位有自由思想、獨立精神，不受政治口號困擾，亦不受富貴利祿所動搖，有自己的看法，有自己的道德底線。同學！衷心希望你們，一生之中，能夠為自己的不足而奮進。

孔子曾說：「吾未見好德如好色者也。」道德的感悟，多數是精神領域方面的。孔子的意思是，普通人着重官能的刺激與愉悅，忽略了道德精神的境界。蘇格拉底說：「人類最大的幸福是提升自己的道德。」我引用兩位聖哲的言論是提醒各位同學，我們人類與禽獸最大的分別，是人類會克制自己的慾望而成就道德；禽獸，只跟隨身體覺受而行，幾乎不能自主。人，所以異於禽獸，憑的就是這一點，各位要好好記着。當有時候敵不過慾望，就要好好反省。

我曾見富貴中人，看不起較自己貧窮的人；亦曾見追求富貴者，不斷向人搖尾乞憐。凡此種種，都是社會的一部份。同學要學懂自處，不取其辱。不因富貴而驕人，不因貧窮而自賤，所有的際遇，都是因緣和合。凡事盡了力，即使結果未如理想，亦不必慊然於心。只要行事光明磊落，自然俯仰不愧於天地。

（三文原載於《信報》）

畢業紀念冊三篇

(一)

中學畢業是人生另一階段的開始。有些同學的前路很明確，一早選好升學或就業。但部份同學卻徘徊在兩難之間，不知是升學，還是就業。同學！生命有很多未知數，只要經過周詳的考慮而作出決定，結果是好是壞，有時還真的要看天命。但是，各位同學，有一點絕對不是看天命的，就是自己的行為。我每星期都希望有機會在早會或週會，與各位分享我的經驗，校長深切希望，你們每人都有自己的道德底線，即使不能「中行」，但是最低限度「必也狂狷」，有自己的標準。

同學！還記得校長要求你們準時上課、準時出席聚會嗎？因為這是實踐道德的最基本行為。還記得我要你們相信人是性善的嗎？因為有此信念，才能培養胸襟，達到恕的境界。若你們能以「忠恕」作為行為的依據，相信你們未來將會有較好的際遇。所謂「忠」，是指凡事皆盡力而為，不敷衍，不苟且，正道而行。別人所託之事，必力而為之。所做工作，雖然未必是自己喜歡的工作，但一旦承擔，必全力赴之。所謂「恕」，不單指寬恕別人，孔子再深入解釋是「己所不欲，勿施於人」，即凡事將心比心。如果具有寬恕的心，常與人善，「人之有技，若己有之；人之彥聖，其心好之」，此乃為人的第一步。不要小看這一步，可不容易呢。

同學！離別在即，我會掛念你們，希望你們也不忘記母校。有開心或不愉快的事，回校找找老師，或許老師會給你好的意見。再祝你們有美好的前途！

(二)

今年大部份畢業同學與我一起成長，看着你們逐漸的長大，由高度只到我胸口的小孩，到現在長得比我還高的青年。難忘的是看着你們天真的笑容，逐漸變成充滿思考的神情。這六年，有很多回憶，探訪武漢的少數民族、參加德國交流、世界中學生音樂節，還有南京的國際會議等等。與你們一起成長，在旁邊看見你們的情緒起伏，看見你們在困難時的應對態度，老師們都一直站在你們的一方。同學，畢業了！面對未來，你可能會感到孤單無助，但請緊記「天行健，君子以自強不息」，並終生記着「己所不欲，勿施於人」。本着仁者之心，就足以面對瞬息萬變的世界。

中六以後，開展另外的人生。我深切希望，每位同學都有自己做人的底線，令自己不至於偏離道德。人生最大的誘惑，就是金錢和地位，同學要好好面對，不要任名利拖着自己走。未來的生活，無論是富裕，抑或貧窮，你們都不跨越自己的底線，要做一個完整的人。

同學，無論將來遇到甚麼的困難，母校，永遠是你們的後盾。多些回學校，多些與老師溝通。記着，師生關係，不是六年，而是一世。

(三)

在畢業聚餐會上，見到各位的笑容，使我特別懷念與你們一起成長的日子。畢業是人生另一階段，你們會遇到升學及就業的困擾，你們也許會落入愛河，期望尋得理想的伴侶。

同學，升學或就業，先考慮自己的興趣，再考慮自己的能力，盡力而不強求，奮進但接受失敗。同學，訂立自己的目標，去實踐，才是有意思。人生其實是由快樂與痛苦所組成，所以在順暢的環境，不要自滿；遇到痛苦時，不要畏縮，要勇敢面對。未來必然有阻礙與困擾，若視之為魔鬼的考驗，則自然能承擔。「天行健，君子以自強不息」，只有自強自省，生命才具活力。

愛情，只是生命的一部份，不是全部。過去幾年，很高興同學到校長室訴説自己的愛情故事。我只是想説一件事，我竟然忘記了我初戀女朋友的姓名。

孝順父母，我是不斷的提醒你們。你長大了，你父母就老去，身體開始衰弱。他們的恩典真是很難報答的。記得要定時留意父母的健康，容忍他們因老去而事情力不從心的憤懣；或最低限度，不要與父母爭執。

我經常提醒各位要自我反省，提升自己的道德情操。我在此再説一次：通過寬恕與愛，才可提升自己的道德水平。「恕」，請你們終生記着。

你們天真的笑容，將永遠的感動我，祝願各位前途無限！

（三文原載於學生畢業紀念冊）

棒喝篇

歷史教學

清代名學者龔自珍説：「滅人之國，必先去其史；隳人之枋，敗人之綱紀，必先去其史；絕人之材，湮塞人之教，必先去其史；夷人之祖宗，必先去其史。」（〈古史鈎沉論二〉）為何龔自珍説得如此激動？為何他將歷史教育視為可傾邦毀國般嚴重？我打一個比方：如果一人一覺醒來，全無記憶，旁人跟他説，你是賤民，你是低等的民族，你只能過畜生的生活！這個沒有記憶的人，會自然的接受、認命，並承認自己是低等民族。清末民初，近百年的歷史，就看得你膽戰心寒。

我不分析歷史教學的重要性，只以近代史學的發展來旁證史學的重要。吳研人所寫的《二十年目睹之怪現狀》，幾乎每個故事都令你耿耿於懷，官員顢頇，司法不公，卑華媚外，整個社會可謂慘不忍睹。為甚麼會如此？當時中外在經濟、軍事等實力差距太大，導致國人對本國一切都失去信心，包括文化、道德、宗教、傳統，一切外國好。由清末至上世紀六十年代，外國人，甚至中國人自己，都認為中國人只能在外國做低下層的工作，因為我們在別國人的眼中是低等民族。梁實秋先生大學畢業，白人女同學沒有一人願站在他身旁接受證書；田長霖被他的老師呼叫「中國佬」（Chink）；還有李小龍在荷里活的遭遇等等，都令人難堪難受。

這個時期的歷史學家輩出，歷史作品有高度學術成就，影響深遠。章太炎、梁啟超、柳詒徵、錢穆、傅斯年、顧頡剛諸先生，都是眾所周知的大歷史學家。原因何在？就是我們相信歷史能喚醒我們的民族自尊，可以從過往的歷史中找到一條適合中國去走的路。章太炎付諸行動，推翻滿清，「中華民國」的稱號就是出自先生手。其他學者的作品，別具深意，《中國歷史研究法》、《中國歷史精神》、《古史辨》等等，讀者都應細味。內裏指出中國歷史的重心、意義，以及從古史中以求真的態度作研究；背後是要國民莊敬自強，尊重本國文化，對民族未來要有信心。李叔同雖然帶着革新的思想對待中國傳統藝術與文化，但他的詩詞甚多讚揚中華民族優秀的一面。錢穆先生的《國史大綱》更是以中華民族為本位的國史讀本。這些舉措，就是要提升國民的民族認同與自信。

筆者中三時聽老師教近代史時，每教一節史事，老師總是停十多廿秒再教。後來才知道老師在忍着淚水。八國聯軍、沙基慘案、五卅慘案、五三慘案、南京大屠殺等等，在我腦中盤旋不去，很沉重——中國民眾就是賤民，外國以屠殺中國人為樂，而中國政府呢？無能為力！那時，我課餘所看的書都是關於歷史。後來自己當起教師，每教近代史，我總是教一節史事，停頓十多秒。八九民運，很多朋友忙着移民，內子當時問我移民好不好？我說：「好！就移民回北京。」

（原載於《信報》）

再論歷史教學

設使一人記憶逐漸衰退，所認識、所連繫的親人或朋友，開始模糊。諸君認為此人的心理狀態，將會如何？大致是緊張、害怕及有不知所措的感覺吧！但是，當我們對國家的歷史模糊不清，對我們的偉人、先賢毫無認識，甚至拿來開玩笑，為何卻沒有懼怕或不安？原因是我們很多學生從來沒有對國家、民族、先賢、偉人心生崇敬或仰慕。這樣的情況下，又叫學生如何產生民族認同感呢？

從歷史可以認識到偉大的思想家，比如孔子、孟子、老子、莊子、韓非子等等，他們的思想、作品令人沉吟低思，開啟了我們腦內多少道疑難之門。再看看伯夷、叔齊，至死不食周粟，不是固執，而是人怎能原諒滅了自己國家的敵人？不管你的原因是如何的高遠，如何的「弔民伐罪」！單單這一節歷史，已是道德與現實之爭，這裏就是道德教育。刺秦荊軻、斷舌顏昕、碎齒張巡，還有上疏明世宗的海瑞，正氣直趨這墮落皇帝不得不抱頭而痛。沈鍊當眾罵嚴世蕃，雖然落得人亡家傾，但士人傲骨，處處可見。清代燒車御史謝振定，剛氣迫人，惠及子嗣。徐錫麟的剮心，秋瑾的斷頭，每個歷史故事都令我們低迴嘆息，卻又重凜氣節。他們是我們的先輩，是我們民族的英雄。

如何判斷一個人是否對民族有功？傳統是「立德、立功、立言」。道德價值是一個民族的依持點，亦是民族精神靈魂的所在。「己欲立而立人，己欲達而達人」、「老吾老，以及人之老」等道德價值，這些出於人與人之間的關懷，把整個民族連繫。至於一個人物是否偉人，是考慮其行為影響之深、遠及廣，能否為大部份人謀幸福，為百世定太平嗎？歷史教學所選取人物的行為，就是教育整個民族道德價值的關鍵，不可輕忽。我們不能崇拜秦始皇，因為他的出發點不是民族，而是自己的家族千秋萬世的統治。鐵木真以屠城作掠奪城邑的恐嚇手段，以屠殺滿足自己的英雄感。這些人，能算是英雄嗎？

若干年前，有人提出將岳飛、文天祥等排除於民族英雄之列，原因是他們對抗外族，阻礙民族統一大業。這樣的觀念，完全曲解了歷史。古時的地域觀、國家觀及民族觀，與現代的觀念已有出入。假設這樣的理論成立，我們對抗日本的入侵，是否成了地球統一的罪人？道德教育就在歷史教學。滿洲人入關時嘉定三屠、揚州十日，不能說不是民族仇恨，但滿洲人完全融入漢族文化，共稱中國人。現在的漢滿關係與數百年前相比，已不能同日而語。

歷史解釋因果關係，給人類啟示。大部份歷史學家都相信歷史是一面鏡子，能看出國家發展的路向與艱險。可惜的是，歷史總是不斷重複。防微杜漸，見微知著，歷代均有大學問家、大政治家，為何他們効忠的政權仍然會走向滅亡？是執政者的愚昧與自私，一涉個人私利，國家就漸趨滅亡嗎？從歷史的經驗來看，上位者若有才而無德、有權而無能、有勢而量小，政治一定衰敗。南懷瑾先生說做人有三種情況要小心留意：德薄而位尊，智小而謀大，力小而任重。用此誡語看國家、看團體、看公司、看個人發展，就知箇中三昧。

（原載於《信報》）

也談中史教學

教育局決定將中國歷史列入初中必修科，中史教學立即成為城中熱話。我曾經建議中國歷史，應易名為「本國史」，當然，沒有被接納。我要求稱之為「本國史」，就是以中國為本位，來看國家歷史之發展，看周邊國家與本國關係之發展。

一個民族的擴展與傳承，期間經歷的過程是極之痛苦。當中涉及民族自尊、固有道德傳統、本土文化與外來文化之結合、種族之間的仇視與接納。記得若干年前，國內有學者提議將岳飛、文天祥等抗金、抗元之民族英雄剔出民族偉人之列，原因是他們妨礙了民族統一。很抱歉的説一句，有這樣理論的人，誤盡蒼生。假若有一天，中國再受外國欺侮，我們反抗，是否就是妨礙全球化的罪人嗎？

商紂暴虐，周武王弔民伐罪，史書譽之為義戰。可是，史遷將伯夷、叔齊列入列傳之首。商紂雖然暴虐，但外國入侵，卻是絕不可能接受的，最後伯夷、叔齊恥不食周粟，餓死於首陽山。太史公稱之為「義人」，並指出周是以暴易暴，不知其非。伯夷、叔齊就是以商為本位，周是侵略者，他們又怎可以接受？

秦漢成大一統局面，張騫、班超經營西域。張騫成鑿空第一人，而班超領36人入鄯善國，用計擒殺匈奴使者，焚殺百餘人。又於疏勒國建立傀儡政權，使漢朝聲威遠播。史譽之為「不入虎穴，焉得虎子」，這亦是以漢為本位所寫的歷史。倘以國際視野而言之，則班超的行為，無異於行刺使節，干涉他國內政了。

五胡亂華期間，五胡虐殺不少漢人，是漢人與外族的一次大衝突。石勒於平城殲晉軍十萬，劉曜入洛陽，殺宗室士兵三萬多人。在各大小戰爭中，常出現滅族行為，動輒殺人以十萬計，逼使大量北方人口南遷。這一次的南北融和，是以鮮血和生命促成，可以說是痛史。此時期，當以晉室為本位，五胡是入侵。日後五胡與漢族混和，是歷史的發展趨勢，倘以此認為是民族融和的喜訊，那我們子孫，又怎對得起當年被屠殺的老百姓呢？

現代中國有五十多個少數民族，由外族而至承認成為中國一份子，中間有幾多糾纏與戰爭呢？對國家產生感情，必先由認識開始，以國家為本位去看自己的歷史，才能引起感情。當我們仰慕我國對外開墾者，我們崇敬抗拒外敵的英雄烈士，我們景仰歷朝改革者，我們尊重道德學問舉足輕重的學者，試問我們怎會不愛護這個國家呢？

教授中國歷史的人，曾提出「詳近略遠」，這是選材的方法，決不是歷史教學。中國每一個朝代均可獨立成章，研究歷史基本有橫線、縱線兩個方向。例如周代實行封建制度，是因為當時有此趨勢，亦有此必要，這是橫線；戰國之後，必然是統一，統一是另一格局，這是縱線。社會環境不同、思想意識不同、經濟發展不同、對外關係不同等，都足以構成不同的歷史進程。倘單一學習治亂興衰，看歷史發展，未免不夠全面。

（原載於《信報》）

再談中史教學

《史記》在二十四史中，被推為最偉大的歷史著作，司馬遷曾言：「且余嘗掌其官，廢明聖盛德不載，滅功臣、世家、賢大夫之業不述，墮先人之言，罪莫大焉。」（〈太史公自序〉。司馬遷認為史學家的職責，是將歷代有功德於民族國家的人物記載下來，對道德高尚、學問淵深的聖賢學者，要留下他們的心跡，成為後世的楷模。倘失去此功能，則是史學家的大罪。《史記》在漢朝，不甚流行，沒有學者加以註釋闡述。原稿在西漢後期散佚，現存最早版本，應是六朝時期的殘卷，藏於日本。

一部偉大的著作，為何會有這樣的結果？班固評《史記》：「是非頗謬於聖人，論大道則先黃老而後六經，序游俠則退處士而進奸雄，述貨殖則崇勢利而羞賤貧，此其所蔽也。」（《漢書·司馬遷傳》）原因是《史記》不合當時政府所推的道德標準，沒有特別宣揚儒家思想，反而讚美崇尚正義的遊俠，欣賞工商業致富的奇才。因為不能成為當權者的宣傳品，就被當時政府及士大夫忽略了，此所以史遷的成就遠較班固高。

中國古代政府非常害怕私人著述歷史，私人著史，隨時招致殺身之禍，因為私人著述會將當權者的醜惡載於史冊。所以，我們看二十四史所記載的皇帝大都是天縱英明、智慧高超、道德無倫的聖人，每次看見歷代帝皇的廟號，我都有點「毛骨悚然」。

現代歷史教學，減弱了道德的元素，着重史事的正確性，再加以現代道德的評論。但無論歷史教學如何的變，也不可忘記史遷所說的史家責任。陳勝被列入世家，是平民反對暴政的首義，足法於後世；孔子列入世家，喻其萬代而不衰；呂后列入本紀，是確定了她的統治實權。一褒一貶，皆有所據。往後的正史中，誰人是循吏，誰人是酷吏，都反映了當時對官員的要求。

北魏孝文帝漢化，使漢族與鮮卑融和，固然有益於民族統一，但相對於鮮卑文化，可以說是一次災劫。馮道歷五朝八姓十三君，被稱無恥，但他大規模官刻儒家經典，不過問財政軍事，又是另一個歷史評價的問題。

中史教學，第一考慮是史事內容正確與否，第二是歷史評價的中肯程度。評價是非常重要的，因為這反映了當時社會的道德標準，也看到普遍價值觀，同時亦是政府推展社會道德教化的工具。西漢流行五德終始說，王莽因勢攝居帝位。不論他的弊政如何，他也曾是數十萬人擁戴的賢士，終生儉樸。假設王莽成功治國，又會是另一新局面。王莽被稱「篡漢」，並以「偽」稱其人，都與東漢崇尚節氣的社會氛圍有關。這些，都是歷史教學的難處。

再者，歷史編寫的一字一句，都可以具有巨大的意義與影響，例如是黃巢起義抑或黃巢之亂，是流寇之禍抑或流民之變，都足以反映編寫者的取態或當權者所希望灌輸給人民的概念。歷史教學，真的不可不慎。鄭樵曾說：「使樵直史苑，則地下無冤人」，說的就是真實地面對歷史。

（原載於《信報》）

論秦始皇（一）

網上有些文章替秦始皇翻案，認為他是「千古一帝」，功德不能斗量，受冤二千年。始皇為人所稱道的政策改革，包括公元前 221 年，結束戰國，使中國進入統一時期，實行郡縣制；統一文字、貨幣、度量衡、道路系統等，整理經濟與交通；修築長城、運河、馳道等，貫通南北，方便貿易運輸；擴大版圖，驅逐河套匈奴，南下平定百越，基本上完成中華民族的國家雛形，並以長城內外界定華夷之別。所以，有人認為，沒有秦始皇，就沒有後來的中國。

當然，沒有氣魄與幹勁，不能完成以上的功業。但我想問：一個偉大的領袖，是否只在於建設，而不在於治國嗎？一個偉大的領袖是否應帶領民眾安居樂業？看看始皇其他「政績」：統一後，每年徵發民夫四十萬修建長城；徵召民夫七十萬在渭河南岸興建阿房宮；《史記．秦始皇本紀》記載秦國有「關中計宮三百，關外四百餘」，還有是「咸陽之旁二百里內」，「宮觀二百七十」；建驪山陵墓，歷時三十多年，每年動用民夫七十萬。

據推算，秦滅六國後，人口約在三千萬左右。有學者認為，當時始皇推展規模空前的大型建設，造就不少就業機會，類似後世以基建推動經濟。但請不要忘記，秦朝是以農立國，九成以上民眾是以務農為生。我們作個假設：三千萬人中一半是女性，即剩下的男性一千五百萬，如三分一為老人，不用，三分一為小孩，不用，那餘下可供勞力建設者，只餘五百萬人。如果，幾項大型建設，包括陵墓、長城、阿房宮，每年已動用約一百八十萬人建設。剩餘的三百二十萬人，要養活三千萬人，平均一個農民，要養活約十個人。請問：這個國家如何維持下去？漢初建國，人口約一千五百萬人，短短二十年，中國人口少了一千五百萬人。因此實在很難説出口，始皇是偉大。

再説，有學者為始皇辯護，被徵召建設的多是罪犯。三千萬人口中，每年有百多萬人是罪犯，這是甚麼國家！究竟我們想過甚麼的生活？孟子説：「雞鳴狗吠相聞，而達乎四境。」其實就是很普通、很普通的生活，有家禽家畜的聲音，境內安寧，得到飽足，而不是實踐一些自以為驚天動地、泣鬼神的狂人意願，死千多萬人去建立自己千秋萬世的功業。最痛心的，就是有些無知的歷史研究者，認為沒有始皇，就沒有長城。

據司馬遷《史記·蒙恬列傳》記載：「秦已併天下，乃使蒙恬將三十萬眾，北逐戎狄，收河南，築長城。因地形，用制險塞，起臨洮，至遼東，延袤萬餘里。」這些是功業嗎？實在說，現在的8,851.8公里的長城，大部份是明代建築的。秦漢期間的長城，多隨時間湮滅。明代的長城，則由洪武至萬曆、經過二十多次的增建而成，而不是個人好大喜功、無論死多少人都要在短時間內完成的殘暴行為。無論秦代當時死傷多少，始皇的長城，都成廢業。蒙恬帶三十萬軍隊驅逐匈奴，蒙恬死後，匈奴又再次入侵。一場大戰，竟然沒有理想的結果，政策之失誤，全由始皇一人所致。

（原載於《信報》）

論秦始皇（二）

公元前213年，秦丞相李斯上書曰：「臣請史官非秦記皆燒之。非博士官所職，天下敢有藏《詩》、《書》、百家語者，悉詣守、尉雜燒之。有敢偶語《詩》、《書》者棄市。以古非今者族。吏見知不舉者與同罪。令下三十日不燒，黥為城旦。所不去者，醫藥、卜筮、種樹之書。若欲有學法令，以吏為師。」（《史記·秦始皇本紀》）始皇接納，因此推「焚書令」。次年，始皇乃令御史偵查首都之儒生方士，逮捕約四百六十餘人，「皆坑之咸陽，使天下知之，以懲後」（《史記·秦始皇本紀》）。後「又令冬種瓜驪山，實生，命博士諸生就視，為伏機，殺七百餘人」（《文獻通考·學校考》）。

始皇推焚書令及坑殺儒生，其主要目的是禁止人民妄議政府，全國要遵行政府所訂的一切政策。不需要民眾有思考及辨別政策好壞的能力，甚至意圖，這就是「以愚黔首」。政府只需要聽話的動物，生殺權由政府擁有。其次，是報復儒生方士欺騙始皇有長生之術。可是，始皇從不怪責自己愚昧無知，竟然相信這些無稽之談的「祈福黨」，浪費大量人力物力。

論者作出辯說：始皇是厚今薄古的領袖，焚書坑儒是薄古的政策，且焚書是近京畿或周邊進行，坑儒對象亦只是妖言惑眾、妄論長生的儒生方士。以古代戰國嗜殺的氣氛來說，不能說是「暴政」。我想問：甚麼叫英主？就是能作出劃時代的決定，打破舊觀念，而為民族開創生機者。始皇的政策很明顯，就是一切妨礙其統治權力的障礙，都要剷除。最難明的，就是始皇的錯誤選擇，論者卻可把責任推到儒生方士身上。

史學家必然理解歷史趨勢，由封建至中央集權，是趨勢；由分治至統一，是趨勢。不管是秦始皇、趙武靈王、楚懷王等等，只要滅六國，就必然是大一統的王者，這也是趨勢。

柳詒徵說：「蓋嬴政稱皇帝之年，實前此二千數百年之結局，亦為後此二千數百年之起點，不可謂非歷史一大關鍵。惟秦雖有經營統一之功，而未能盡行其規劃一統之策。凡秦之政，皆待漢行之。秦人啟其端，漢人竟其緒。」說明始皇開啟了一個大時代，可惜一切的後續措施，卻由漢朝皇帝完成。當然，我們不能否認，始皇為統一建立規模，以國家長遠發展來說，功不可沒。但他的出發點，不是國家，而是自己的家族。

請想想，領袖應有的元素：是帶領人民安居樂業，而不是一個狂妄的建築家。若要給始皇下個結論，我只能說他是偉大的上市公司主席，偉大的家族領導人。他為自己的公司，不惜摧毀成千上萬的家庭，掠奪無數人的財產而自肥；他為自己的家族，不惜出賣以千萬計的國民，來維護本身家族利益。用現代用語，苟有利於其家族，不惜當漢奸；為求其家族千秋萬世，不惜殺上千萬的中國人。很可笑是，中國部份嗜血歷史學者，竟發覺領袖愈殺得人多，愈偉大，還可以為其找千種理由去翻案，厲害！

賈誼說：「一夫作難而七廟隳，身死人手，為天下笑者，何也？仁義不施，而攻守之勢異也。」秦始皇真是那麼偉大，秦又怎會是短命皇朝？

（原載於《信報》）

岳飛是民族英雄嗎？

友人傳來一則信息，是中史教科書評論岳飛：「金國女真族，現在已是中華民族的一部份。換言之，宋金戰爭不過是一場兄弟之戰，而不屬於民族之戰爭，把岳飛視作民族英雄，當然不恰當啊！」

我看後，整個人寒了一截，因為這不是多角度思維，這是道德教育呀！亡國之痛，所受的恥辱、淩虐，連畜生都不如的生活，不是我們892年後的中國人來隨便評定的。

各位，請先看看北宋滅亡的慘況：金天會六年（公元1128年）八月，徽、欽二宗及后妃、公主等，被頭纏帕頭，身披羊裘，袒露上胸，進行「牽羊禮」的獻俘儀式，爬在地上，被拉入完顏阿骨打廟拜祭。視我們的婦女是畜生，這對重視貞潔的宋文化是極端的侮辱，比死亡更難受。試想想，假設要袒露上胸，任由敵人玩弄、淩虐、侮辱的是我們現在的領導人妻女，是我們的家人，你能視之為兄弟嗎？

據統計，被俘的一萬四千多貴族及平民，歷盡被淫辱、虐殺，死者無數。宋徽宗的皇后、皇妃、嬪、國夫人、郡夫人、夫人、皇孫女等，以分配牲畜的方式，分發給下淫辱或虐殺，如夜裏用腳鏈鎖着數十皇親，根本無法行動及大小解；一有不滿意，就下令將士，即場輪姦。宋欽宗朱皇后投水自盡，成為唯一殉國的國母。其餘宗室姬妾、皇子妃、宗室女子等，也被牲畜一樣地分配。分配前，所有懷孕婦女，必須墮胎，以方便淫辱。

這些宗室女子，沿途已被隨意強姦及糟蹋外，到達金國後，最佳出路是成為高官貴胄的玩物，最慘是送入妓院或配與低級軍士。徽宗的韋貴妃，竟成了金國軍士輪姦的對象。韋貴妃發送浣衣院，據說曾一天內給 105 人輪姦。其他被淫辱致死的宋皇室婦女，更不計其數。趙構元配邢秉懿有孕，被強迫騎馬，導致落胎。後被送至浣衣院，亦是金人淫辱洩憤的對象，死時才 34 歲。其餘皇室妃嬪，亦有發送浣衣院被折磨致死，如趙構妾田春羅、姜醉媚等，金國軍士以輪姦婦女致死為樂事，這是兄弟行為嗎？

每每讀到這段歷史，我都隱然作痛。相信當日岳飛必然曾以此鼓勵將士，就是要報仇雪恨，「靖康恥，猶未雪，臣子恨，何時滅！」九百多年前的女真族，父死娶繼母、兄死娶嫂，崇尚火葬，公元1119年始製文字。我想問一問：九百年前的女真族，幾時當過漢族是兄弟？根本就是兩個民族，你用一千年後的現象去批評當日的愛國愛民行動，是不是精神有問題？如果上述信息成立，則秦敗趙，生坑趙卒四十萬，是應該的，因為趙國妨礙了秦國大一統，因此不應對抗秦入侵；祖逖聞雞起舞，大破石勒軍，是罪人，因為他妨礙了一千七百年後的中華民族大團結。如果這樣的推論成立，則所有抗日軍民，是地球人的恥辱，因為他們妨礙了一千年後，或者一萬年後的地球大團結。朋友，我們是古代的楚國人，請問你會不會再建立楚國，打倒秦國？但當日秦楚的仇恨，的而且確存在。

歷史，不單重視史實，亦是道德教育。我感到恐怖的是，原來別國來犯，我們對抗，就是妨礙團結融和。那我們只好歡迎別國大肆屠殺，請任意輪姦我們的婦女，因為一千年後，或者是五千年後，我們是兄弟嘛！

（原載於《信報》）

土地與血緣

18歲那年，領取香港成人身份證，職員問到我的國籍，我回答中國。他再問是否香港出世，我回答是，他就說：「那你是英國人，沒有得選擇！」當時很難受，明明是中國人，卻說我一定是英國人，但，我這個中國人沒有居住英國的權利。這不是屈辱，是甚麼？這簡單的對答，我卻永世難忘。

自小學至中學，經常聽到國內大躍進後的饑荒與貧窮，也知道文革的殘暴不仁，無數老百姓被虐死。我們在港，經常郵寄針線碎布等物資回鄉，可想而知當時的慘況。那時我只是小學生，極之討厭當權者，但從未否認過自己是中國人。八九民運後，英國外相賀維明確表示不能讓三百多萬名英國屬土居民（BNO）移民英國，即海外英國人無權居住英國。背後理由？就是英國從來不當你是英國人。諷刺的是，當時很多香港人卻以為自己是英國人。

我們這一代，沒法忘記自清中葉以後，中國受盡外侮及不公平的對待，割地賠款及屠殺。中國人的形象是落後、無知、愚蠢、貪婪，只能在他國做較低層的工作，這當然包括香港人。每當在電視看見部份青年搖動英國旗，或辱罵內地學生，心中就有點難受。他們以為拿着英國旗，就可以是英國人，其實他們只是以此激怒了一些親中人士。

八十年代初，第一次回到祖國，那種激動，不因任何政治因素而減退，因為我的祖先輩世代居於此，我們的血和根從這裏開始。我們無數的烈士先賢，為建立更美好的家園，獻出了血和汗。無數的革命先烈，為建立更民主的國度，為中華民族活在地球上能更有尊嚴的面對其他民族，他們拋家棄子，甚至死無葬身之地。追思先賢，能不默然憑弔嗎？當日，國家劫後重生，一貧如洗，我們幾個同學，為國家進退兩難、舉步維艱，而憂心忡忡。

中國以農立國，土地就是我國靈魂所在，中間包括倫理親情、慎終追遠、關懷桑梓等情操。周公立封建，在河南建東都，再向東發展，建立呂氏齊國及姬姓魯國，使中原文化遠被。秦統一六國，派數十萬軍遠征南越，這些軍旅，混居於南方，成為客家人。東晉及南宋的北方文化南遷，傳承偉大的中華民族。我們經歷不同的朝代、不同的暴政，但不因此而失去作為中國人的資格。孫中山推翻的，不是滿洲文化，而是帝制。從北到南，融和着同一文化體系，這就是整個民族的血緣關係。

錢穆先生鄭重地說，讀中國歷史，要對國家歷史有感情，有尊敬的心。每個時期出現暴政或外來民族的壓迫，都有着其時代因素，我們不應因此而對中國幾千年文化產生懷疑，甚至厭棄。如要開展更美好的國運，能不了解過去而成功嗎？

（原載於《信報》）

抗戰勝利七十週年

2015年是中國抗戰勝利七十週年紀念，這次慘勝，可從數字看出來，由1931年九一八事變開始至1945年日本投降，中國軍民死傷人數達三千五百萬人，經濟損失達六千億美元。日本的軍民死傷約二百六十萬，其中軍人約二百一十萬人（參考維基網），中國死傷人數是日本的13.5倍。當中慘無人道、禽獸不如的虐待與屠殺，可謂慘不忍睹，如果說是「血海深仇」，絕不為過。我無意翻起仇恨，只是突然想起我的老師們。在我記憶中，從小學至中學，老師在教授近代史或是提起抗日時，都是泣不成聲。

小學時（六十年代），沒有甚麼分析能力，只知道長輩在哭，哭的必然是慘事。我們的體育老師韋慶遠先生，曾當軍抗日，對學生也特別嚴格。上體育課，就好像軍訓，要保家衛國一樣。從同學口中學懂了一首軍人的歌曲，到現在也沒有忘記：「英雄志不屈，不怕暴雨風蕭蕭，羞懷劍刀，家國未興耀。力陷衝鋒，奮起為國邦，鋤強殺奸，終有日顯耀。英雄志不屈，不怕暴雨風蕭蕭，羞懷劍刀，家國未興耀。」每次大家唱起，都有點激動情緒。老師們是三、四十年代的青年，感受甚深。有位老師曾告訴我，他所認識的朋友中，幾乎百分百有家人死於日人手中。

中學時，選修中國歷史，近代史部份是很沉重的部份。掩卷嘆息，低迴無語，幾乎是每次溫習的結果。從清末至抗戰的慘案，沙基慘案、五卅慘案、濟南慘案等等，加上無能為力的政府，一一都刺痛了心靈。到抗戰時的淞滬會戰、長沙會戰、台兒莊之役等，則激盪人心。如何擊沉「出雲號」？教官說「就用戰機盛載炸藥衝下去，願者起立！」全體機師站起來。「八百壯士」以四百多人的身軀，前仆後繼，身纏炸藥衝向敵方，擊退日軍的多番進迫，令人肅然起敬，恨不同時。還有，他們戰死前的家書與留言，顯得從容就義，家書信中盡是英雄淚。

自己當了教師，最怕教近代史，有一次課堂停了幾次，我都在流淚，有位同學舉手說：「老師，都過去了，不要哭了，也沒有必要再傷心！上一代的事啊！」我告訴她，我不獨是為過去而傷心，而是害怕歷史再出現。

七十年了，電視訪問了不少抗戰老兵，他們大都不感到自己是英雄，敵人來犯，就是要保衛家園，這是理所當然的。其中一位哭了又笑，笑了又哭。我想，他哭，是想起了一起衛國而犧牲的同袍；他笑，是很多同志不死於抗日，卻死於內戰；他再哭，是兩次都不死的同袍，卻死於批鬥。

雖然說「歷史是由勝利者寫的」，但，請對抗戰的諸位志士公平些。

（寫於抗戰勝利七十週年前夕）

（原載於《信報》）

家 教

有一次在交通燈前，看見一位母親兩手挽着東西，旁邊站着一對小姊妹，手拖着手。交通燈尚未轉綠燈，母親已急不及待跑出馬路，但兩姊妹仍站着不動。母親回頭大叫：「沒車，快過！」姊姊說：「老師說紅燈不要過馬路！」母親氣沖沖走回頭，一腳踢向姊姊，大叫「死蠢」。我站在旁邊，幾乎流下淚來，這是學校教育與家庭教育的衝突。聽老師教誨的，竟受了一腳。

某年，一位同學考試時偷看鄰座同學的試卷。試後，監考老師直接問他是否作弊？同學承認了，訓導主任依例扣減分數及記大過一次。事後，與事家長完全不能接受，認為同學只是尊重老師，根本沒有任何作弊的意圖。辯解當日，家長還要監考老師模擬同學作弊的過程，並不斷質詢與責難，令老師非常難堪。後來，訓導主任再向同學求證，同學再次承認作弊。後來事件變得更複雜，同學的所有家庭成員都出席家長會議，並表示全力支持同學，不會令他被冤枉。同學在會上亦為自己解說，否認作弊。我唯有要求家長給時間學校調查，私下再見同學。我說不要欺騙我和自己，只要是實話，我一定信任你。同學嘆了一口氣說：「我真的有作弊。」

我不是討論結果，而是惶惑現在家庭教育的品德依據。小時候，回校上課，母親總是千叮萬囑我要聽老師的教誨。有時老師冤枉了自己，也沒放在心裏。每次見家長，母親都是誠惶誠恐，回家後，總是一頓痛打，有時自己都不知道原因。

我知時代在變，小時候吃飯，總要對每一位長輩說聲「吃飯」，自己才可起筷。最年長的不動筷子，沒有人會起筷。現在自己是長輩了，叫自己吃飯的人卻很少。現在老師的地位大不如前，這個也沒有必要埋怨，的確，時代是向前的，但道德品格的基本價值不應該改變。我們要守規矩，我們要誠實。難道這些會因時日變而改動嗎？

馬路上沒有車，母親跑過馬路對面，勉強還可算是變通。可是，怎能教一位安份守規的小朋友違規，還說守規矩是「死蠢」呢？為了保護自己的子女免受記過的懲罰，而鼓勵他們不承認犯錯，這樣的家庭教育，說得通嗎？社會又怎會遷就你不長進的兒女。

探望朋友，一進門，他的女兒就立即入房，到我離開也沒有跟我打招呼。與一班好友晚飯，碟上有幾條海鮮，朋友二話不說，將其中一條放到兒子的碟上，還笑着對我們說兒子喜歡吃魚，跟着用非常慈祥的眼神望着吃魚的兒子。但，其他同席者呢？

先母目不識丁，寫自己的名字也像有千斤擔，卻教我自少入屋要叫人，吃飯要一箸一筷，不可亂翻，新年要向長輩問好等等。小學時，有次讓座給老人，母親就輕撫我的頭，我知這是稱許。雖然自己算不上知書識禮，但至少是知所進退。還記得，少年時代，給別人說「無家教」是很大的侮辱，很怕辱及母親。寫到這裏，忽然很掛念我那不識字的母親。

（原載於《信報》，原題〈家庭教育〉）

道德的傳承

有時接受傳媒訪問，總會被問到，我校是如何推行儒家教育的。這個問題，若要詳細解答，恐怕要涉及日常行為、自我反省、待人接物等各方面。若返本還原，尋求儒家教育的起步點，就是「孝」和「悌」。

儒家倡孝悌

《論語·學而》：「有子曰：『其為人也孝悌，而好犯上者，鮮矣。不好犯上，而好作亂者，未之有也。君子務本，本立而道生。孝悌也者，其為仁之本歟？』」有子認為孝是一切道德的根源，是為人的「本」，本是基本條件的意思。為甚麼孝與悌會是為人的基本呢？當我們出世離開母體，第一個能接觸的個體，就是父母，我們成長的環境所接觸的就是兄弟姊妹。倘若我們對有養育之恩的父母、一起成長兄弟，都起不了尊敬和愛護的心。這樣，哪有可能對其他人產生愛護尊敬的心？

我曾向學生闡述孝的內涵，會後有同學與我討論，他的父母根本不想他出世，他來這世界只是一次「誤會」或意外，所以他對父母並沒太強烈的感情，但又不至於討厭。我看着他問：「誰在跟我說話？」他很茫然地說：「我！」我再問：「為甚麼你可以在此跟我說話？」他一臉惶惑。我解釋，無論父母是任何原因把你帶進這世界，你就成為一個有獨立思想、自由意志的人。你可透過這身體，追求思想上的更高境界；亦可透過此身體，經歷這世界的甜酸苦辣；更可因為有此身體，造福人類，廣結善緣。想想！父母給你身體，偉大不偉大？其他都是小節，不要太拘執。還有，他們供養你，今日你才有機會與校長對話。你怎可以不尊敬他們？當然，尊敬在程度上有差異，但最低限度，你要先有尊敬父母的心。

另外一位女同學，自小學至初中，已是「犯案纍纍」。她見我時，說家人不喜歡女兒，只喜歡兒子。所以她沒有必要討好他們，也不必聽家人的說話。說實在的，她的父母也不太理會她。我告訴她，家人愛護我們，而我們也愛護家人，這是理所當然的。但父母對我們不理想，而我們仍然尊敬父母，這才是自我的道德。我感覺到她的無助與孤單，才初中，她就輟學了。這種重男輕女的思想，真是誤盡蒼生。

儒家指出人與禽獸的分別，是由於人類獨有的道德醒覺，道德是與生俱來的，若果人類不斷提升自我道德，則人人皆可以為聖人。自我提升，就是由孝悌開始。但這一個「孝」字，我想很多人要到達中年才能理解。先母過世，我才感覺做得不夠好，可是，已沒法彌補。

《論語．為政》：「子游問孝。子曰：『今之孝者，是謂能養。至於犬馬，皆能有養。不敬，何以別乎？』」孝是在心，出於誠敬的心，不單在於物質。若只提供物質給父母，跟養狗馬有甚麼分別？

因此，我校特別重視孝道的灌輸，例如每年派發成績表，學校都舉行敬茶活動。學校預備了茶和杯給學生向父母敬茶，表達自己對父母的尊敬和感激。這活動不是強迫的，但大部份同學都會敬茶。

有一次，校方知道一位同學在家還手打母親。我們接見了這位同學，與他討論他的行為。倘若他堅持自己的行為沒有錯，我會叫他靜思，將事情由始到終想想。父母為甚麼不容許你打機？為甚麼一定要準時吃飯？為甚麼要先做好功課？據我的經驗，大部份犯錯的學生，的確能分辨自己行為的對錯。最後，訓導主任要求這位同學回家向母親「斟茶認錯」，而同學真的做到了。

忠恕的教育

我曾在早會分享，解說了忠恕之道。

子曰：「參乎！吾道一以貫之。」曾子曰：「唯。」子出，門人問曰：「何謂也？」曾子曰：「夫子之道，忠恕而已矣。」（《論語・里仁》）

曾子將孔子的道理歸納為「忠」、「恕」兩種行為。忠是甚麼？簡單解釋，是盡己本份，負起應有的責任。有學者說「君要臣死，臣不死是為不忠」是儒家思想，這個真是大誤會。將君權推至極致的是法家思想，儒家視君主為一職位，不稱職的請下來。

我對學生說，遲到和欠交功課就是不忠的行為。可是，大部份同學視之為小事。準時與遵守承諾是發展忠的第一步，故曾子說：「吾日三省吾身：為人謀而不忠乎？與朋友交而不信乎？傳不習乎？」（《論語・學而》）就是每日檢視自己是否已盡力完成對他人的承諾。

這個忠，再擴而充之，就是承擔所有應有的責任，其小可以是準時完成工作，不馬虎，不隨便；其大可以是「國家興亡，匹夫有責」。

我曾接受香港電台及數碼電台訪問，我特別指出現在家長的道德教育有一點是誤解。我曾聽過很多父母說只想自己的子女幸福地長大，至於子女會不會反哺，就不考慮了，他們還為自己儲錢，為未來獨居老人院作準備。父母可以有這個大愛的心，但不能教子女有這樣的思想，而應該要教他們報恩，教他們感激周圍的人，教他們照顧無力自顧的親人。

佛祖說慈悲，耶穌說博愛，孔子說仁愛，三者的主要思想都包含寬恕。據我的經驗，人可透過寬恕，提升自己的道德境界，免除仇恨與怨懟。如對待一個罪者，存着可憐對方的心，與存着可恨的心，兩者已是不同的境界。

子貢問曰：「有一言而可以終身行之者乎？」子曰：「其恕乎！己所不欲，勿施於人。」（《論語．衛靈公》）如果有一種行為要終生奉守的，孔子選擇了「恕」，可知恕在孔子眼中是如何的重要。將之實踐在生活上，就是「己所不欲，勿施於人」。將「不忍」之心，表達於生活上，不願意別人困苦，不願意別人受到不公平對待，不願意遏抑有能力者，這些都是恕的精神與行為。

我校對欺凌及歧視特別注重，任何情形之下都不容許。這幾年學校的調查結果，都令我很高興：九成以上的同學喜歡學校，同學間竟然沒有一宗欺凌的個案。我想，這是傳統道德教育的結果。

（原載於《信報》，原題〈儒家教育〉）

借鑑丹麥教育

農曆年間，我帶着五位同學，親到丹麥 Odsherreds Efterskole 交流，參與接近兩星期的學習；而我則直接參與學校的行政、師生活動及觀課等。這次交流，令我產生很多反思。

簡單自由

校長 Mr. Tom W. Hagedorn 特別為我解說丹麥的教育及社會架構，那是屬於簡單而自由的機制。學生上課時間不太長，沒有課節時，可以在校內自由活動。學校的校董會，有不同的持份者，但除了財政外，大部份政策都不會反對。教職員很多來自同一家庭，還有，上課時可帶子女回校。上午有茶敍時間，中午有一小時短講，會邀請專業人士演講，也有學習活動。

教學果效

幾位老師介紹上課的情況，每一單元都會做課後問卷。每位同學都有一部微型手提電腦，課堂完結時，老師就在電腦發出問卷。問卷簡單，約十條是非問題，五分鐘內可完成回答，但老師就立即知道教學的效果。某些課堂習作不需寫上名字，老師只想清楚究竟有多少同學明白課題。我拿了部份上課材料給我的老師參考。

啟發性教學

最令我大開眼界的就是啟發性教學，學校每月均有全級學生的活動環節，邀請不同界別的專業人士參與活動。我參加的那次是有關露宿者，開展主題前，有熱身活動，例如尋找與自己相似的人等。分組後，講者會派發一張寫上十多個名詞的卡片，例如西瓜、生果刀、聖誕節、撲克牌等。回答的問題是：你卡片中的物品與露宿者有何關係？小組討論後，各自發表意見，學生的演說，真是精彩，本來毫無關聯的物和事，他們也可以說得合情合理。

孔聖堂學生到丹麥交流，圖為丹麥學校的創意課堂主題「Homeless」。

孔聖堂學生在丹麥中學禮堂用英語講解儒家思想

接着，還有一節，是學生要利用 Lego 將抽象的概念表達出來，例如友誼、露宿等。他們設計完畢，要親自向同組同學解釋創作理念及構思過程的衝擊。當中最優秀的一位，還要在週會上向全校介紹自己的創作理念。

擴闊視野

這裏的學生，每年都有機會到世界各地交流，由專責老師處理。與本校結盟前，丹麥校長親臨本校參觀，並在課堂上與本校學生交談。他們參與交流的城市，還包括亞洲、非洲、東南亞國家等。一般是由接待家庭照顧學生的交通及飲食，學生則在交流學校上課及遊覽非一般景點。校長告訴我，有一次建議同學到阿富汗（或伊拉克）交流，因為有生命危險，要先諮詢家長。誰知結果令人詫異，全校家長均贊成同學到戰爭地方看看，了解戰爭的禍害。我想這樣的結果，絕不可能在香港出現。

丹麥學生來訪，與孔聖堂學生
進行排球比賽。

丹麥校長訪問孔聖堂

向訪客演講儒家思想

還有，丹麥學生在校用餐時不准看手機，餐前要唱校歌，都令我難忘。校長告訴我，在丹麥，由出世至死亡（from cradle to grave），政府都會照顧你，你不一定要出類拔萃，因此生活就有自己的空間。

忽然想起，香港的學生要贏在起跑線，這樣算是理想的學習生活嗎？

（原載於《信報》）

奮進與關懷——記社工生活

初任教師時，入了輔導組，與學生關係非常要好。由於學生偏向自覺，很多時事情發生了，只要與他們細談，學生就會作出正確的選擇。千禧年前，學生的喜好與待人接物的態度出現很大的改變，家長對學校的尊重程度亦有相對減少的跡象。從前見家長，一般是認為自己子女有問題，往往帶有「抱歉」的心情來見。後來有部份家長，是帶着「討伐」的意識來訪。我曾經遇見一位家長，見面時放下錄音機，說是要用作將來的證供。最後，學校索性安裝攝錄機，待家長要求時攝錄。

當時我對輔導手法一知半解，故在2000年，報讀了香港大學的社工課程。這課程的開展，直接改變了我對學生的態度，也使我更深認識青少年成長的困惑。

由於平日要回校上課，社工的九百小時實習，就用了我三年的所有假期。我曾實習的機構包括學友社、家福會、救世軍青少年中心，負責的項目包括5至12歲小朋友的勇闖高峰小組訓練、高中生的領袖訓練、街頭表演、歷奇訓練、接觸夜青、照顧新來港移民、婦女奮進小組、理工大學大型會議及工作坊等。實習令我的生活經驗與眼界，提升到另一層次。

當實習社工時探訪長者院舍

給高中生的領袖訓練中的情緒管理環節，我設計了三個情境，效果出乎意料。其中一個是「怪獸會議」，我預先要求部份組員蓄意搗亂會議，令主席不知如何處理，最後主席發了大脾氣。此時，我才說出會議的目的，就是訓練組員要控制自己的情緒，大家才恍然大悟。

接觸夜青是很好的經驗，我出身徙置區，對邊緣青少年沒有多大的感覺。最令我出奇的是，當我說出我是社工學生，大部份邊青都對我頗接受。

在青少年中心工作，更是難忘的經歷，我每星期負責安排活動和小組訓練，中心有學生義工，每個同學都親切難忘。對付奇奇怪怪的組員，更是考驗智力的時候，例如有組員每次都遲到，後來小組決定，遲到要罰買飲品宴客。誰知該組員下次仍然遲到，而且買了飲品回來。

我在同學中是較成熟的一位，因此導師給我跟進的輔導個案，都有點棘手，包括一位因吸食過量毒品而昏迷了幾天的少年、一位患有抑鬱症的學生，還有組織婦女小組，帶領新來港婦女適應香港生活。每次見到有問題的青少年，我都提醒自己他們是有問題存在的，我的責任是與他們一起渡過障礙。由於這一份心跡，我的案主普遍都信任我。我設計的方案和治療過程，也都得到他們的合作。帶領新移民婦女，使我了解她們的苦況與心結，她們曾在小組活動中痛哭失聲，需要請另一位女社工擁抱她們。設法讓她們融入香港社會，就是我的責任。

回港大上課，是另一項艱巨的挑戰。兼讀與全日制的課程要求完全一致，因此就有同學請了一年假，轉讀全日制。當時，課程的部份老師知名度頗高，例如周永新教授、曾潔雯教授、何式凝教授等，對學生的要求自然也高。還有我的指導導師「梅姐」十分認真，要求嚴格，例如我對經驗學習（Experiential Learning）不太清晰，她竟單對單向我解釋了近一小時。

每星期同學幾乎都要做簡報，教學模式以 PBL（Problem Base Learning）為主。大部份的個案研究都是要求學生自己先找答案，然後在課堂討論。我們曾經是下午五時上課，晚上九時還未下課。可想而知課程如何緊迫和高要求，與我合作全港中學生出路研討會的同學，就是過於疲累，曾經暈倒。課程進行時，又遇上沙士襲港，處理活動時有進退失據之感。

三年的訓練，使我胸襟變得寬大，對低下層會有不期然的同情，對十分頑劣的學生則多了幾分同理心。同理心加強了，易地而處的思維就經常浮現。記憶中，完成課程之後，我從未大聲責罵過學生。

（原載於《校長也上課》，原題〈社工生涯〉）

哲藝篇

論人性與禽獸

人類的自然慾望

中外思想家，對人類的基本慾求，只會承認而不會否定。管子說：「倉廩實而知禮節，衣食足而知榮辱。」〈牧民〉），馬思洛（Abraham Maslow）的需求層次理論，最低層是「生理需求」，甚至馬克思（Karl Marx）都承認「人類必定先必須吃、喝、住、穿，然後才能從事政治、科學藝術、宗教等等」。

西方著名心理學家佛洛伊德（Sigmund Freud）研究人類更有獨特的解說。佛洛伊德將人類人格的構成分為三個層面，即本我（id，大陸學者譯作伊底）、自我（ego）及超我（superego）。所謂「本我」即人類原始慾望，是生物性的，主要呈現性本能及侵略性衝動。此慾望亦成為人類生命的動力（drive），亦即是慾望的動力。佛洛伊德對人性的解說是處於消極及悲觀的一面，他認為人的奮鬥無非是滿足身體的覺受，身體的快感是人人所追求的覺受，無必要排除和摒棄，故不否定享樂原則（Pleasure Principle）。人類由出生那一天開始，就是步向死亡；人類亦很難逃過慾望的枷鎖，特別是性。所以，追求享樂，是正確的。

可是，我們要談的，是人類對道德的自覺。我們暫不談享樂，先來討論享樂以外的理性（rational）。大部份物種的活動是機械化的，是受大自然所支配的，只有法則（law），沒有意志（will）和原則（principle）。如鳥因避寒冬而南飛、烏鴉反哺、狗犬忠心於主等，都是機械化的，沒有不反哺的烏鴉，沒有不忠心的狗。人類就不同，人類有意志，而且意志堅定和有原則，而原則訂立的依據是道德（或自覺），因道德的自覺而產生自律。這個就是人類與禽獸的分別。

人會透過有系統的理性化過程，而意識到人在人類群中的理性行為，問題是：如何才是理性行為？基本上，是人透過理性的分析，知道如何與群體相處，知道群體所接納和不接納的行為。也可以說是人與人之間的協定、互相適應和承接傳統的要求。不過，這個理性，尚未涉及道德的自律與建立。

人禽之別

孟子如何界定人與禽獸之別？孟子曰：「人之有道也，飽食暖衣，逸居而無教，則近於禽獸。聖人有憂之，使契為司徒，教以人倫：父子有親，君臣有義，夫婦有別，長幼有序，朋友有信。」（〈滕文公上〉）；又曰：「天下之言，不歸楊則歸墨。楊氏為我，是無君也。墨氏兼愛，是無父也。無父無君，是禽獸也。」（〈滕文公下〉）。生活飽足，閒來無事，遊遊蕩蕩，這種生活是近於禽獸。所謂人，要知人倫，明進退，對別人有責任感。孟子批評楊氏的極端自利主義和墨子的無君理論，都是禽獸的行為。禽獸不知道有義、有信，倘若人缺乏了這種道德的責任感，那麼，就與禽獸沒有分別。

人之所以稱為人

孟子曰：「人之所以異於禽獸者幾希，庶民去之，君子存之。舜明於庶物，察於人倫；由仁義行，非行仁義也。」（〈離婁下〉），又曰：「由是觀之，無惻隱之心，非人也；無羞惡之心，非人也；無辭讓之心，非人也；無是非之心，非人也。惻隱之心，仁之端也；羞惡之心，義之端也；辭讓之心，禮之端也；是非之心，智之端也。人之有是四端也。」（〈公孫丑上〉）。孟子繼而推演人性，認為人之所以異於禽獸是因為有發自內在本性的善，此善已具有仁、義、禮、智諸德，是不假外求，亦不需教育，是人性本有的。

人之所以看不見性善，是因為受到蒙蔽，不能尋找本心。人之所以行義，是因為內在已具有仁義之心，並不是受過仁義的教育才行仁義。孟子正氣凜然説出「仁義禮智，非由外鑠我也，我固有之也」，人性本善，我們人類之所以異於禽獸就是因為我們有這個人性。孟子指出「人皆有不忍人之心；先王有不忍人之心，斯有不忍人之政矣。」（〈公孫丑上〉），不忍人之政就是仁政，不忍人之心是源於性善。在〈梁惠王上〉中，孟子因齊宣王放生一用作釁鐘的牛，指出宣王的不忍其「觳觫而就死地」，就是仁者之心，而具備仁者之心必定能推行仁政。孟子並解釋由個體的關懷與愛而能推演至對整個民族國家的關懷與愛，此稱為「推恩」，能推恩，治國就可「運於掌上」。

這種仁心是人類逸出個體形軀而與他物產生共感，及於物、及於人、及於萬物、及於宇宙。這樣，憐憫、愛護、博愛、仁慈等等道德都呈現出來了（唐端正老師課堂的教誨）。

孔子的道，內存仁，外呈之於禮，全見之於行為表現。《論語》一書的記載沒有論及「為甚麼我們會有道德？」這一論題，但孟子紹述孔子的道統，由發現「性本善」而推演至天人合一的境界，從倫理的觀念伸述至人道之所以與天道必然合一的理論。從而解釋了道德的必然性，即性本善和道德價值的普遍性，包括仁、義、禮、智，為人類茫然若失的生命價值找到安身立命的依歸，亦為人與禽獸之別下了定義，即人類的行善純然出於良知，沒有要求回報，亦沒有先設條件，這就是超越宗教因果論的人類道德的自覺了。

禽獸於生理反應只有滿足和不滿足的分別，而人類則可以淡，亦可以濫。動物爭食不會讓，而人會；人會「聞其聲，不忍食其肉」，動物不會。這就是因為人有着對外界的判斷與良知。

（原載於《信報》）

「勇氣」從何而來？

我們為何要「勇」？自古以來，世界就有不公平、不公義。人處身其中，一是同流合污，一是擇善固執。君子可以親，可以近，但不能劫，不能迫；可以殺，卻不能辱。凡此種種，若沒有了勇，是行不來的。現代社會，功利為先，我們所受的誘惑自然多，很多時，我們要在屈辱中謀生，勇就是有尊嚴地做人的第一要素。

子曰：「知者不惑，仁者不憂，勇者不懼。」(《論語·子罕》)，又曰：「非其鬼而祭之，諂也。見義不為，無勇也。」(《論語·為政》)。孔子在此處說明「勇」必須具有無懼的本質，見到合乎義理的事情而不去處理，就是無勇。可是如何培養這種見義而為的勇呢？

對勇作簡單解說，就是膽量，要有勇氣指出不正確行為。在內，指自己的過失；在外，即社會上種種不義。然而，有勇，有膽量，卻未能掌握就會造成混亂。大賊有膽量，劫匪有膽量，惡霸有膽量，這些都只是為自身利益而出發的勇，這些勇只會對社會造成混亂。

孔子批評子路「由也好勇過我，無所取材」，指出子路的勇較孔子還要高，可是子路不懂得去掌握，未能適當地顯示自己的勇。不適當的勇，只會造成混亂的後果。

如果勇缺乏禮的調和，會亂；如果勇，不能安貧，會亂；如果勇，沒有學養，一樣會亂。

（原載於《信報》）

談孟子「不動心」

孟子重要思想之一，是正氣，這個「氣」不得了，此亦是後世儒者所嚮慕的境界，浩然正氣也。要清楚這個氣的養成，要先從「不動心」説起。

不動心是甚麼？孔子説「四十而不惑」，〈公孫丑上〉孟子説「四十不動心」，又為甚麼是四十？孔孟所説的「不惑」和「不動心」是指不受外界功名利祿所引誘。人成長至四十歲，若對自己的行事認真反省，相信已有足夠的經驗去判斷是非黑白，亦能分辨出哪些説話是真？哪些是假？

不動心能養氣，養的就是浩然正氣。但不動心之前是甚麼？我們的身體有覺受，會追求快樂及身體愉悦；行為受餓、渴、睡、性等需求所推動，是動物性的。孔子説：「飲食男女，人之大欲存焉。」明確指出飲飲食食即身體五官的享受，以及男女間的愛慕，都是身體覺受中最令人有快感的。此兩種慾望是人類最大的慾望，也是源於人類原始動物性，與禽獸共通，中間沒有所謂道德不道德。

當人是群體生活時，就要有約制。倘若我們在有權位時，任意膨脹原始慾望，這種人的行為，就是禽獸，故孟子有「聞誅一夫紂，未聞弒君也」的言論。還有歷朝的暴君及濫權者，細讀他們嗜慾與放縱的行為，比禽獸更禽獸，我認為如禽獸有知，亦恥與為伍。

所謂「有容乃大，無欲則剛」。若果我們受制於物慾、性慾，試問如何能成就更高的境界？無慾，不一定是有正氣；但有慾，卻很難有正氣。

反觀當今中國及香港社會，貪念籠罩各級官員。高官動輒數十億元的貪，小官則貪盡便宜。各位想想，數十億，甚至數百億貪污錢的背後，發生了多少冤案，枉殺了多少平民？每每在熒幕看見貪官的面孔，都不期然想到比禽獸更壞的，竟是人類。禽獸得到覺受的滿足，一般就會停止爭奪。只有貪念，會令人類不斷尋求物質，拿來填補永遠也不會滿的慾壑。

張岱年：「所謂士節即堅持自己的主體意識。主體意識包括人格獨立意識與社會責任心，乃是人格獨立意識與社會責任心的統一。一方面要堅持獨立人格，不隨風搖擺，不屈服於權勢；另一方面更有社會責任心，不忘記自己對於社會應盡的義務。」為堅持獨立人格，為社會盡應盡的義務，背後是要與多少貪官污吏和既得利益者周旋。偶一失誤，則自陷泥淖了。

(原載於《信報》)

論「勇」的層次

孟子認為「勇」有三個層次：北宮黝自尊的勇、孟施舍忘記生死的勇及曾子與道德配合的勇。能到達第三層次的勇者必然具有前兩者的特質，即重視自己的尊嚴和忘記生死成敗。《禮記．儒行》曰：「儒有可親而不可劫也，可近而不可迫也，可殺而不可辱也。」這個自尊不比平常的面子問題，而是受辱。部份掌權者容易墮入權力迷陣，隨意侮辱下屬。但如何能不受辱，就是自己平日處事態度所致。

北宮黝的勇，「思以一毫挫於人，若撻之於市朝。不受於褐寬博，亦不受於萬乘之君。視刺萬乘之君，若刺褐夫。無嚴諸侯。惡聲至，必反之」。明顯指出北宮黝是不接受任何傷害其自尊的侮辱行為，包括微不足道的說話。一個人連自己都不尊重自己，別人會尊重他嗎？這就是自尊的問題。人必須自重，別人才尊重你。

孟施舍的勇是不理生死勝敗，只專心完成任務。這種忘卻生死的勇，已超越恐懼，所謂「除死無大礙」，連死亡都不怕，還有甚麼好怕？

兩者的勇，到最後是成就曾子的勇，孟子說：「自反而不縮，雖褐寬博，吾不惴焉；自反而縮，雖千萬人，吾往矣。」《孟子．公孫丑上》

第三個勇的層次是經過深思熟慮，知道自己的行為合乎義，合乎理，則「自反而縮，雖千萬人，吾往矣」。孟子此語，直是石破天驚，氣勢澎湃。我們亦應思考，甚麼是正確？甚麼是不正確？這點非常重要，因為誤判道德，其行為將適得其反。我們最困擾的是，就算經過思考，但我們自己所定的道德標準，是正確的嗎？所以，這「自反而縮」是一個大問題。甚麼行為合乎仁義？孟子之學稱為「心學」，第一個思考點，就是從「心」開展，最直接的判斷是「己所不欲，勿施於人」。

唐君毅先生說：「孟子以養氣之道在集義，而配義與道。道者當然之理，義者知此當然之理而為之，即知理而行之，以合當然之理。故養氣必先『志於道』。」這種氣是「至大至剛，以直養而無害，則塞於天地之間」。我們要留意的是，要培養這種氣，是要時時刻刻想着義和道，否則「餒」，能完善自己的道德行為，能合乎道義，則大勇之行才能得到成就。我每每讀到「士不可以不弘毅，任重而道遠」就覺得很沉重。

（原載於《信報》）

蕩氣迴腸帝女花

雛鳳鳴劇團為香港大學籌款，在演藝學院義演名劇《帝女花》。此劇的內容與歌詞，我自少已背誦如流，因此並非抱着「驚喜」的心情去看，只是久違了仙姐、久違了龍劍笙、久違了梅雪詩、久違了在幽暗的燈光中尋找那令人蕩氣迴腸的童話——才子佳人。

帷幕拉開，宮殿上掛着幾盞紅燈籠，長平公主步履蹣跚，威儀裏滲透着羞澀的漣漪；周世顯風度翩翩，英氣的眉宇帶着幾分癡戇。如此，就開展了他們同生共死的愛情故事。

〈香劫〉的舞台劇效果帶來一陣震撼，一縷紅絲巾，在掩映的燈光下，伏在宮女們的項上，似滲出汩汩的鮮血。沒有哭聲，只有鑼鼓的喧囂襯托着來去的宮女，恍似各尋死路。背後的故事，國亡家破，此身何託。

〈庵遇〉的雪境，遼闊而孤寂，一人孤身在外，似上無飛鳥，下無走獸，隻身面對大塊的霜雪。恍如夜鬼獨行，無人識，無人曉，滿腔怨屈與無奈，向誰申訴？

小樓燈火明滅，殘燼未落，以為心事已託阮郎，以為人間多情唯汝。夢中幾度微笑，幾度溫婉難忘，終復鴛鴦交頸於紅被，是上天給予你不死的回報，誰知換得一個賣主求榮的賤丈夫。長平對駙馬的步步進逼，駙馬輕描淡寫的應對，似乎只要有榮華富貴，甚麼忍辱負重都會帶來報酬。一下唾涎，湧着幾多心血，橫向駙馬。執剪自刺的一幕，教我相信人間有幾多誤會、幾多無良、幾多賤人、幾多抑鬱。繁花似錦的世界，裏着無數蠹蟲。我亦無端的茫然不知所措，迷失在長平的痛苦中。

死前才知道嫁得一位機警勇猛的大丈夫，面對斧斤焰勢，力敵群醜。為國家尊嚴，為公主尊嚴，亦為自己偷活之身，拚着一身剮，唇槍舌劍，力保帝女花香，貫徹始終，不離不棄。

夜幕來了，死神亦來了，同賀這對不戀人間富貴、甘心赴死殉國的情人。透視紗帳，一樹連理，縷縷香煙，結束了一刹卻永留在心的人生。

白雪仙小姐來謝幕，真被她的魄力與魅力所迷着。多謝妳，又給我一個「驚喜」。

（原載於樹仁大學《仁聲》）

迷幻音樂會

令人拍案叫絕，就是聽《飛雲飄樂·滬港宏光音樂會》！

9 月 20 日，星期日，步進大會堂音樂廳，這天是指揮家夏飛雲先生與國內及香港多位著名演奏家、指揮家同台演出中樂。自少喜歡聽音樂，但並不着迷，偶爾陶醉在宮商之間，暫時脫離現實，潛入想像的音樂世界。倒是從沒有想過音樂會令我進入忘我境界，但這次，終於使我明白，甚麼是繞樑三日，三月不知肉味。

《慶典序曲》已顯出表演者的熟練技巧，一片喜氣洋溢，歡樂之聲此起彼落，似要喚起聽者的精神，似在訴說：「來吧！慶典開始。」《東海漁歌》充滿浪漫的激情，船身隨着大浪高低不定，時而風高，時而浪急；忽爾船疾，忽爾船傾，掌舵在叫，船員在奔。不知多少海浬，眼前平江萬里，直流而下。喜者撒網，急者收繩。風浪之後，是雨晴風吹，漁船帶着漁獲，揚帆而歸。

奇怪！音樂中為甚麼有水聲？恍若一滴水珠從天而下，

圈起漣漪，在黑暗中只有如呼吸聲般的露滴聲，卻震撼整個會場。原來是《飛天》的首段，飄過迷夢的洞窟，從壁上走出來的仙女，輕紗繞着婀娜的身段，回眸一笑世間的癡人。真讓人懷疑自己身在敦煌洞，待一道光線劃破四周漆黑，原來壁畫全是仙人的化身。層層疊疊的影像，飄飄浮浮的彩服，達於四野，飛出了洞窟，遊走於閻浮。

《十面埋伏》是名曲，金戈鐵馬，四面楚歌。有馬蹄疾步的聲音，也有急喘的呼吸聲，是走投無路的死拚，是帶着絕境失救的悲鳴。心跳隨着音樂，時急時緩。表演者遏一絃線，震出最後一韻，我全身的肌肉隨即放鬆下來。

二胡與薩克斯管合奏的《二泉映月》及哨吶與樂隊表演的《山丹丹開花紅艷艷》都充份顯出表演者的熟練技巧。尤其是二胡，將湖光山色化作悠揚的曲調，令人神馳。《山丹丹開花紅艷艷》是陝北山區的歌曲，樂曲高亢，最能表現出此地民眾的熱情奔放。

《夜深沉》，是京胡演奏，起曲的鑼鼓聲，每次都撩動我的淚腺。首次聽《夜深沉》是看《霸王別姬》中虞姬自殺前的劍舞，不管自己的情人是婦人之仁，抑或是殺人如麻的魔鬼，但兩人的愛情至死不渝。樂曲從四境無聲，一陣急促鼓響引起夜色，時已三更，夜深蟲鳴，遊人迷路。有如醉翁昏睡，忽然夢囈，又似夜深歸人趕路。曲尾的急促聲，究竟是陽光，還是雞鳴，抑或是臥起的壯士？

幾小時的演奏，從現實走進迷幻的境地，四體放逸，魂在魄離，不知身在何處。掌聲響起，久久也沒有停下來。

（原載於《信報》）

鴻爪篇

魂夢諾定咸*

幾多煙雨隨着落霞低唱，是運河旁的小堤；

晨曦的濃霧輕塵，彷彿沒入巫山，好美，是令人迷路的校園；

千百年的樹林，通過獨木橋的盡處，是羅賓漢（Robin

Hood）的故居。

傳奇中小約翰（Little John）的笑聲，徐行中的修士，混和淺斟晚照，

原來都是夢，

一切，都是兒時的夢；一切，如今都在目前。

看，是春滿枝頭的校園

暖，是雨雪紛飛的小巷

胡立頓堂（Wollaton Hall）前的大草陂，小湖濼旁的天鵝侶，

教育學院前的羅倫斯（D. H. Lawrence）銅像，啊！查泰萊夫人的情史：

斷腸豈在今夜，朝朝暮暮。

悄立在大學公園草坪（University Park）的栗子樹，幾次在樹下搜索雌雄；

隱蔽小叢內的蘋果樹，那裏有無數情人的熱吻；

偶然落下的安琪兒梨，微笑的仰首樹頂，牛頓先生在

嗎？

俯拾皆是的花瓣，編織無數的夢，卻又如此真實。

你，如何的令我徹夜難眠，如何的令我相思鑄骨？

我無意敲響你的心鐘，觸動你的心靈，驚醒千里以外的你，

今夜，同進一夢。

今日的微笑，全因昨夜的夢，

無垠的小黃菊，奔向如巨人的月亮，隱然有你的身影，

幾度肝腸寸斷，幾次低迴垂淚，都因記掛着你的回眸，

以為是生命的火光，換來是飛轉的淚花。

啊！我感覺到你的氣味：如酒、如煙、如棉花糖、如軟雪糕，

全化作繾綣夢裏的吻。

春，是幽幽花香，油油綠草，

走在山頭盡處，走在曠野田間，記得生命是這樣的奔放；

夏，是習習清薰，綿綿細雨，

停留在酒吧，停留在草坪，呼嘘着煙圈，微醉的憨笑，為醉生夢死的激情；

秋，是飄飄落葉，悠悠和風，

流連阡陌，流連樹下，踐着厚厚的葉層，此一刻不染塵埃，格外出塵的身軀；

冬，是皚皚白雪，焱焱燈火，

積雪在聖誕的窗櫥，積雪在濕滑的小斜坡，每份禮物，只掛念遠方的你，你在笑，在癡戀東方的美男子。

樸藍樓（Portland Building）的餐廳，勾起無數情絲的湖畔，靈魂的住處，及，至死相伴的天鵝。

鏡池樓（Trent Building）的聚會，舉杯是為今日，為未來，為曾在這裏呢喃。

圖書館外的鬱金香，醉人心魄的清風，髣髴昨日才別過。

難忘是窗前的小松鼠，是黃昏歸鴉，是波光水影，是宿舍的魅影故事，

是失戀後的痛哭難眠，是每一個曾對我微笑的身影。

我以為我只會思念你一晝夜，一季，最多是一年；

有日，我以為會忘記你，只偶然在記憶尋找片羽；

原來，兩者都不是，是如絮如絲的魂牽夢縈。

我帶着一身花香而離開，卻留下一線心瓣在蘭頓堂（Lenton Hall）的土裏，等待，我的重臨。

（原載於樹仁大學《仁聲》）

* 九十年代初負笈英國諾定咸大學（University of Nottingham），寄住在學生宿舍 Lenton Hall，是人生最難忘的經歷。重臨舊地，思憶無限，情緒激盪下而寫就。

留英雜憶

上世紀八十年代開始工作便即儲錢，用作留學之用。九十年代初，得到太太的資助，一償心願，到英國諾定咸大學留學。

預備班（Bridging Course）在暑假進行，是開心高興的一個月，除上課外，校方預備不少適應活動，例如學習Barn Dance及與本地學生接觸等。正式開學的第一個星期，稱之為「Week One」或是「Fresher's week one」，也是我敞開心胸，接受異國文化之始。

小鎮風情

大學的校園區非常大，步行一圈，差不多要個多小時。由教育學院到我住的宿舍約30分鐘腳程。中間是一大片草地，生長着一棵上百年的大樹，很多同學在這裏曬太陽，我很喜歡在樹下默想。蜿蜒的小徑，有不少的短叢，那裏很多男女熱吻，經過步伐不宜太大，以免觸動戀人們的神經。圖書館旁是教職員餐廳，要教師相陪才能進入，我只去過一次。

Trent Building 是學生的聚集點，同學的愛情故事與是非都從這裏開始。資源室是 24 小時開放，趕寫論文時，資源室是人山人海。宿舍建築大部份都古色古香，只有三層高，隨便一塊磚都可能有上百年歷史。Lenten Hurst 是座木屋，接近百年歷史，住進小屋，有陰森的感覺，尤其是晚上的木板聲。校園正門是筆直的車道，兩旁矗立參天大樹，秋天葉落，地下如鋪上軟氈，別具一格。學校的購物區，是小型社區，機票、旅遊、銀行等等業務都在此處。這裏長滿櫻花，落花時節，格外迷人，我往往在這裏逡巡而不忍離去。

由宿舍步行至小鎮購物，需要 45 分鐘左右的行程。沒有課的早上，我間中會到小鎮的快餐店用早餐，因為可以免費添飲咖啡。這裏的公公婆婆，很喜歡與留學生閒談，經常是一、二小時的傾談。小鎮有大型超市、肉店及家品店，在這裏認識了 John 及售賣咖啡的婆婆。John 經常帶我和同學行山，我也曾到他家探訪。這裏放眼沒有高樓大廈，每個人的步伐都慢。無聊時，我會到小鎮流連。

從大學乘 20 分鐘車會到 City，這裏有大會堂、中式餐廳、日式餐廳、Mandarin Restaurant 是我常到的中式酒家，此外還有各式各樣的名牌店舖。聖誕節及新年的大減價季節，我真的有點瘋狂購物，竟買了二十多對鞋。凡是大日子，同學們都會出市區慶祝。

諾定咸留學，
恍如昨日。

小組討論

宿舍酒吧

文化差異與衝擊

我的宿舍是 Lenten Hall，我是唯一的香港人。開學第一星期，宿舍每晚都鑼鼓喧天，宿友可以整夜唱歌喧鬧。舞會、聚餐、醉酒，無日無之。有次實在忍不住，衝進最吵鬧的房間，大聲叫「不要再吵鬧了」，定睛一看，原來全層的宿友都在，只是沒有邀請我。大家靜了一靜，説「OK, OK」，我頓感不妙，但仍維持憤怒的面孔離開。

往後，大部份宿友都不喜歡我，使我很難受。宿舍的導師Andy跟我解釋每新學年的第一個星期「Week One」，同學們都可以特別放縱，還叫我試試與他們一起「癲」。我知道再融和是很困難的，因此要求換房，舍方亦接受我的理由。

這次不同了，我住在三樓，窗外經常有人唱歌，有時唱得動聽，我會開窗大讚。同層是兩個英國小夥子，為了和他們溝通，我放了一箱啤酒在門外，寫上："You are welcome." 他們看見，會敲門問我："Are you sure?" 當然可以，但他們要留下來，和我閒談十數分鐘。

宿舍樓下是酒吧，洗手間竟然有出售避孕套的機器。最初我不知是販賣甚麼的機器，站着看內容，後面的同學猛説："Hurry up!" 與宿友熟絡了以後，他們帶我到同性戀酒吧，還逼我去Disco。有次大開眼界，是我半夜要送一位英國女同學回倫敦，我陪她到車站。其間，我去了洗手間，一看，廁所竟然擠滿了人。我覺得很奇怪，女同學知道後大笑並告訴我，他們在洗手間互相欣賞，找尋性伴侶。

語言隔閡

初到貴境，才知道自己的英語是「有限公司」。很奇怪，上課時說英語，大部份老師和同學都知我說甚麼，就是回到宿舍，簡直是「雞同鴨講」。最初晚餐時，會有同學主動跟我説話，可是幾句之後，他們便離去。幸好當時有馬來西亞和新加坡的華人留學生，他們中英文都流利，見我受窘，會過來幫我翻譯。這也成就了我們持久的友誼，直至他們結婚生子，才少了通訊。

學生事務處有次致電問我有沒有遇上困難，我告訴校方，我的英語同學聽不懂。往後的三個月，校方委派了一位女士，專教我發音，使我十分感恩。她最不耐煩是我發不到「sue」的音，因為我總是帶着「sh」音，她唯有用手指按着我的嘴唇叫我再發音。最後一節課，是我自撰一篇講稿，內容是為工人階級爭取權益，並要接受一群同學質詢。這次是我第一次用英語公開演説，當然，也鬧了一些笑話。“This is my last sentence.” 這一句給整班同學笑得人仰馬翻。

果然，掌握到發音後，我和宿友已可溝通。但最差的是他們經常粗言穢語，使我又摸不着頭腦。其後，又要學「粗口」。

說英語令我最尷尬的一次，就是我邀請了七、八個宿友到我房間喝啤酒和吃薄餅。一般情況，我致電店舖叫外賣，說出地址和所需的薄餅後，店方就會回應大約幾時送到。但這次店方的答覆和平時不同，說了幾次，我還是不明。最後，我說："How to spell your words?" 店方一個一個字母唸出來「C-L-O-S-E」。全場同學狂笑不已，我一臉尷尬，只好繼續喝啤酒。

失戀與「鬼故」

不管英國人或是中國人，青春總包括戀愛。同層的同學中，我應該是最成熟的一位。同學失戀或有困擾，總是跑來找我問意見。一個女同學暗戀了男同學，最後發現他是同性戀，非常失落。幾個英國男孩，同追一位美國女生。那日下雪，她偏偏拖了我的手在操場跑了一圈。還有是美國女生回美國時，只留下紙條告別，沒留下地址，幾個小夥子茫然若失。有位成績突出的女同學，男友是出自名門富戶，要求她畢業後立即結婚，而她寫的論文，受到曼徹斯特的教授欣賞，特意跑來相見，邀請她到曼大唸博士。她很徬徨，在我的房間不知哭了多少次。

我似乎是個旁觀者，他們的失落與痛苦，我只能在旁引導，訴說因緣和合，解釋情感來去的無主。同學問了我很多有關佛教的義理，我用英語解說，他們不斷點頭。可是，我連自己想表達些甚麼都不清楚呢！

每週的 *The Twilight Zone* 電視劇，是我們同學聚集的時間。每次都是女同學較多，劇集已是重播，還是不斷尖叫。看完劇集，都有同學繼續講「鬼故」。不管男女，都走上床，用被蓋着頭來聽。我從來都不怕，但總陪着同學尖叫，否則他們會知道我原來聽不懂他們的說話。我又發現，原來女同學也會說色情笑話的。

有一次，我有一科不合格，就是這班出色的女同學幫我搜集資料和改正英文，還保證一定拿高分。為了報答她們，我宴請各人到薄餅店吃自助晚餐，我們一共吃了近百隻雞翼呢！英國餐不太適合我，記得與外國同學共嚐薑葱雞飯盒，他們讚不絕口，如果他們有機會一嚐香港同學的自製叉燒與燒肉，一定會驚為天人。

大型節目

我在大學接觸的第一個大型節目是競選宿舍管理委員會，參與競選的同學一改常態，非常嚴肅地跑上台述說自己的政綱。每一張選票都有紀錄，派出多少張，投票箱就要有多少張。新任委員會很盡責，上任第一件大事就是換了飯堂供應商，因為連我也因吃不下嚥，瘦了 15 磅。新供應商給同學辦了一次自助燒烤晚宴，同學都很高興。往後飯堂店員見了我，餸菜總是雙份。

還有是「Goose Fair」，每個同學都表示是熱鬧高興的大日子，使我十分期待。最後發覺只是個臨時小型遊樂場，有小型摩天輪、小型過山車等，但當地居民卻十分享受。活動中最難忘的，倒是熱狗，味道不錯。

至於宿舍最令我難忘的，則是「Bonfire」。某日有兩位同學跑進我的房間，要抬走我的睡床，原因是燒掉了，可以換一張新的。我以為是説笑，跟着他們去看。他們在宿舍旁邊挖了個很大的洞，已放了很多桌椅、木傢俬，當然，還有我的床。不一會，他們真的點火燒掉了我的床。其後，我真的有一張新床。

我們的舍監親自發邀請信給留學生，參加高桌晚宴「High Table Dinner」。晚宴前，我被邀到舍監室閒談，有很多來自不同國家的同學，部份還穿起自己國家的民族服裝。舍監教我們喝些厘酒、甜酒等等。晚宴更提供紅白酒，我正好坐在舍監旁邊，問他高桌晚宴的意義。他告訴我大學是訓練學者及社會精英之處，所以要懂得社交禮儀。

高桌晚宴

高桌晚宴

我印象深刻的還有英國同學的行為，平日他們有點放肆，例如將十多個垃圾桶放在同學的房間、由地下爬上屋頂，還敲我的窗等等。一旦遇上正式的會議，他們的神情與態度就截然不同，進退有度。有次我在舞會流鼻血，四、五個醫科同學來看顧我。我們到戲院看影片，一張票會看幾套片，但唸法律的同學，無論如何都不犯例。

異地回眸

從宿舍的窗口遠望，直達天際，黃昏歸鳥，清晨輕煙，都逼我融入自然。曾經在煙霧瀰漫的校園躑躅，亦曾在雨雪紛飛的日子徘徊。長堤緩緩而下的日落，運河的和風微雨，草坡的夕照鴉聲，還有，佛羅倫斯的銅像、湖邊的倒影、樹上的松鼠、森林的小鹿，都一一浮現記憶中，留下了影像，也留下青春的足印。

我曾駕車，從倫敦直奔尼斯湖，也曾在威爾斯的海岸線狂奔大叫，與海鳥追逐。無垠的小黃菊平原，靜止的山羊，如銀盆的月亮，都觸動我的情懷。已是二十多年前的事，卻是如此鮮明的在我腦海中，掩映不褪。

（原載於《信報》）

六十年代的情懷

剛欣賞完青少年音樂劇《時光倒流香港地》，背景是六十年代的香港。據說在六十年代成長的嘉賓，看了都掉下淚來。我正好是成長於六十年代，雖然沒有流淚，但那一陣陣的激盪的情懷與清晰的回憶，在腦際久久不能消退。由六十年代初至八十年代，我一直居住在慈雲山的徙置區。九十年代初徙置區清拆，我特別回到故居走走，那種茫然若失，時間無奈流逝的傷痛感，如絲如縷纏繞胸膈，那一刻，真的淚流披面。徙置區每層四十間小住房，門戶開放，大部份沒有關門，隱隱看見自己小時候穿梭在每家的空間，捉迷藏、拍公仔紙、射波子，還有十字鎅豆腐、猜皇帝、何濟公、紅綠燈……俱往矣，人情與奮進，似乎與清拆一起走了。

人情味濃

大概是 1964 年吧，正值小一、小二年代，同區的小朋友幾乎全是來自貧窮家庭。當時也不知道原因，每天都很

少年成長地——慈雲山 32 座

慈雲山舊居

肚餓。我家經常吃的是芋頭飯或番薯飯，很易飽，但也很易餓，尤其是放學後。

王伯——咖啡檔的檔主，很少說話。咖啡檔通常在晚飯前關門，小孩經常站在檔口旁邊看着王伯。咖啡檔旁有個鐵桶，是盛放麵包皮的，王伯常常讓我們拿桶內的麵包皮作零食。記憶中，王伯從來沒有拒絕和喝斥過我們。拿了麵包皮，我們會「猜澄鋹」，勝出的會先選有花生醬或牛油的麵包皮，很緊張呢。雖然，長大後才知道，那些麵包皮是賣給豬農的，到現在，反而是會心微笑。有次，王伯弄了一杯奶水給我們喝，真是「神來之水」。

王伯退休後，新檔主是九叔，潮州人，與太太九嬸共同主理檔口。九叔經常唱潮州曲，又喜歡跟我談天說地，但基本上，我不大聽得懂他說甚麼。有次有機會吃餐蛋治，我說餐肉要大塊些。誰知九叔給了我兩塊午餐肉！中學了，開始喝奶茶。有一日，九叔告訴我他今天生日。我大笑說我請吃餐蛋治，九叔微微一笑，離開檔口，買了一斤燒肉和孖蒸，我們就一起吃燒肉。一個開心的聚會，一陣突然的溫暖。

我就讀禮賢會小學，家訪時，老師看見我家家徒四壁，剛巧晚飯又是番薯，環境淒然。記得當時老師用憐愛的眼神看着我，我猜想她心中忖道：孩子這麼窮，又這麼蠢，將來怎辦？我想我家被評為極清貧，最後我只需交一元學費，還參加了五毫子一個月，逢星期一、三、五留校的營養餐計劃。所謂營養餐，是放學後，拿了飯壺盛菜和飯，一群學生就蹲在禮堂吃。我最喜歡是餐肉番茄，飯是微黃的糙米，可以不斷添食，至所有食物用完。後來才知道，我和哥哥留校吃營養餐，母親則是豉油辣椒撈飯。有一件事經常激怒母親的，就是我常常遺留飯壺在學校。

還有就是「佛光街救濟粥」和美軍物資供應品。救濟粥是星期日有小巴泊在停車場，當「大聲公」廣播有粥派時，我們就排隊取粥。美軍物資供應品是有一本登記簿的，我們定期領取美軍軍需食品，物資非常豐富，有麵粉、意大利粉等，還有不同的罐頭。

覓食生活

我們幾個老友，還經常有突破性發現。一次發現有佛堂逢佛教大節日會免費提供齋宴，只要拜佛後，隨意供奉就可以吃齋宴。我們知道後，如獲至寶，佛就一定拜，供奉多少則忘記了，但齋宴就一晚吃了兩三巡。主持人只對我們笑笑，沒有限制我們吃完再吃。

我家樓下有兩間商店，一間「樹記」，一間「勤記」。樹記老闆很拘謹，買賣都沒有笑容。勤記的女主人，是位非常好客的店東。我們在店內走來走去，她會突然拿一粒糖或一塊餅乾給你吃，不收錢的。所以，我一有空就走到勤記流連。有一次，老闆娘索性說星期日關門，和我們一起去美孚游泳，車錢、午飯，她全包。一群小孩，就多了快樂的童年。我們一班小孩收養了一隻小狗，也是老闆娘改名的，叫雲山。後來雲山給毒販打死，從此我就不願養小動物。由於老闆娘太慷慨，勤記就敵不過現實，最先結業。

我居住的鄰近樓座，有兩間冰室，「海山」和「慈雲」（名字可能有誤）。海山冰室是自己製作麵包的，一般是雞尾包、菠蘿包和蛋撻。一毫子一個麵包，毫半子兩個。有時和同學一起買，有時兩天才買一次。賣剩的麵包和蛋撻，店員會用手壓爛，再倒入垃圾桶。有一次同學帶我到海山門口，等店員壓麵包，我說倒入垃圾桶後，怎樣吃？同學囑我不要喧鬧，等着瞧。店員拿了剩餘的麵包和蛋撻，放在盆內，忽然轉身就離開。我們一哄而上，拿了麵包和蛋撻就走。店員回來，用手壓碎麵包和蛋撻，然後放進垃圾桶內，真的感謝店員的慷慨。

同層有位世叔是在酒樓工作的，若那晚有酒宴筵席，他都會叮囑兒子叫我們在他家中等待，他會將筵席留下來的佳餚帶回來。我們一般是晚上十時睡覺的，但這些特別日子，母親都會讓我等待。世叔每次捎來的都有驚喜，我最愛的是鹽焗雞，還有中式牛柳和魚。當然，是主人家先取部份食物，剩餘的就是我們的消夜。現在想起來，這些幸福的回憶，原來是吃廚餘的廚餘。順帶一提，在等食物時，小孩最喜歡聽的廣播劇《大丈夫日記》，主角是林彬。林彬在六十年代的暴動中被謀殺後，我就很少聽廣播了。

鄰居之情

當時徙置區的中央球場還是泥地，有沙石，我們一群小孩都很喜歡到球場玩泥沙。忘記了誰建議玩「擲石頭」，兩班人互相擲石。最初很高興，我抬頭想看看情勢，一站起來，原來石頭已在眼前，即時血流如注！哥哥很緊張，背着我飛奔回家，我則哭聲震天。母親很擔心，但鎮定，立即叫了幾位同層的「師奶」過來。當我還在掙扎痛哭時，三個女人走來抱着我，兩個即時用人奶為我洗傷口，然後母親到祖先神枱取下香爐灰，灑在我的傷口，即時止血。母親將我放回床上，靜靜的看着我的反應。真的感激我的鄰居，雖然額頭上留下疤痕，但同時也留下了別人對我的關顧。

街坊中有一家是標會的「會頭」，標會的細節我也不太清楚，大致是大家集合一筆錢，給能付最高息的一家先拿去用，每月依承諾的息口還錢。某年，會頭用光了「會仔」的錢，開標時拿不出來。記得當時群情洶湧，事後有建議請黑社會追數，報警，甚至説要毆打會頭。結果？大家都説每家都有自己的困難，會頭分期還給會仔就算了。其後，會頭突然失蹤，大家也沒有太追究。

生活艱難

大部份街坊都很貧窮，記憶中沒有人的月薪高於一百元。幾乎家家穿膠花，戶戶鈎線頭。記得穿一籮膠花是七毫子，一籮是十二打。秋冬時分穿膠花，很容易弄破指頭。奇怪！我們好像一句怨言也沒有。隔壁的世叔經常對我說，他一生人，做了幾世的工作。走廊永遠是女人和小孩的地方，男人呢？最少的工作時數相信不少於十小時。

零用錢只一毫，我和幾個老友也有自己開源的辦法，就是拾廢膠垃圾和開車門。我們在街角巷里的垃圾桶找棄置的廢膠，一日大概拾到幾對膠鞋、幾個膠盒等，換到二毫至五毫不等。有一次我和朋友拾到的廢膠製品差不多有一個紙皮箱之多，兩人都很高興，還估計最少換到兩元，誰知只是七毫子！我們鼓着腮幫子，我說永遠也不跟這店交易，那是騙小孩的無恥之徒，而這次也是我最後一次拾垃圾。

開車門，是指小孩站在公眾停車場，有的士或白牌車（載客的私家車）進來時，就搶前開門，通常乘客會給一毫子予最先開門的一個小孩。有一次我給哥哥看見我開車門，扯了我回家，並告訴母親。母親把我大罵一場：可以努力工作，不可以向人乞！這對我的心靈有很大衝擊，內心暗自立誓，一生再不向人討錢。也因為如此，我對在街上討錢的小孩特別憐憫。

因為生活困難，當年很多家庭將自己子女交給其他家庭撫養。在我的鄰居中，有幾位都是養女。大家都很清楚，卻沒有半點歧視，最少我沒有這種感覺。有時會聽到，某家的女孩被迫嫁與家人安排的男人，某家的父親要去行船，某人要輟學出來工作。

記得小時候的冬天，氣溫經常低於攝氏十度。有次上學途中，身體冷得很，肌肉與脂肪都變了不隨意肌。老友雄仔教我將報紙圍着身體一圈，才穿校服，跟着兩手放後壓着自己，會暖和些。原來真的有效。

小時候的朋友大多有花名：朱古力、排骨、奀弟、阿嘜、狗王等，都成為親切的回憶。還有表妹和表弟，手抱的時候已由我媽撫養，至他們七、八歲時才回姨母家。成年人覺得很細小的事情，但在我心靈卻是一種創傷。因為我很喜歡我的表妹表弟，他們很聽話，我就像大哥一樣經常指點他們做家務，有時還責打他們。到他們成長回家，我將我二百多張公仔紙送給表弟。有一事至今仍然十分後悔，就是我經常伏在暗角嚇表妹，她驚慌時，我則大笑。小時候以為是有趣的行為，長大後才知是傷害他人的行為。

李小龍來了，我們一班小朋友瘋狂地迷上李小龍，日日大叫「哎咋」，帶着自信與激情進入急劇發展的七十年代。

（原載於《信報》）

青島述懷

飛機着陸，卒之踏足「一天一地一聖人」的山東省。雖然是仲春時節，氣溫仍較預期的寒冷。小魚山不太高，但已能俯瞰青島的海岸線。迎着寒風，不無滄桑的感覺。

五四廣場矗立着一件紀念雕塑，綻發着橙紅色的燈光。幾個團友急忙的拍着照，嗔怪寒風過於猛烈。站在岸邊，潮聲起伏，洶湧的浪花隨着風響在舞，隱隱傳來「還我青島」、「還我山東」的嚎啕叫喊。那個知道狗官將要賣國，急得咬破指頭，在衣上寫上「還我青島」；那個看得熱血澎湃，淚水和血水混着無可發洩的憤恨，寫上「還我山東」；那個低頭不語，彷彿猶疑，怎會有如此無恥的狗官，為一己的利慾賣國？一滴滴的淚水湧成數千個火團，走在街頭，走在校園，走在東交民巷，走在狗官的大宅，趙家樓。焚燒了趙家樓，相隔幾近一世紀，這團火卻還燒在我的心內。五四之後，中國仍然是苦難的中國。

琴島，又稱小青島，種滿了雪松，泊着幾艘軍艦。浪聲的確恍似琴鳴，傳來的卻不是幽怨的琴音，而是隆隆的炮火聲。炮聲撩撥我的情緒，化作仰首穹蒼的嘆息。黃海那一役，中國海軍盡顯無能腐敗，卻又映照出人類最高貴的情操——「致遠號」作垂死一擊，衝向敵艦，他們都殉國了。海風忽然帶着血腥和煙硝的氣味，也帶着冤死者的憤懣。數百萬兩的軍費，來到丁汝昌的手裏，只餘屈指可數的數目。朝廷還在爭執是戰是和，那失修的艦隊、無鬥志的兵士、不協調的將領，已送你們到了鬼門關的入口。沒有人珍惜你們的生命，他們只擁着榮華富貴看着你們為國捐軀，然後睡在甜夢裏，等候送第二批軍兵上墳場，微笑地。

超過一世紀，中國人完全沒有尊嚴，被淩辱、被殘殺。亡國，對那些貪官污吏來說，「與我何干？我袋中有錢，我手中有權，就事事無礙」。忽爾傳來徐錫麟剖胸的心跳聲、陳天華自沉前的悲鳴，還有秋瑾的「秋風秋雨愁煞人」，喃喃細語，是悲鳴，亦是怒吼。隱約聽到徐錫麟被剮心前的供辭——我就是來殺狗官的，誰個誤國，我就殺誰，你們只是狗官；不要以為自己有權勢，你們與禽獸無別。秋瑾，請再說——婦人是來殺狗官的，就是要推翻這腐敗的皇朝。你們的氣魄使我窒息而無語，只餘無奈的游絲。你們都愛國，都愛國民。為甚麼會這樣怨恨？請看看，中國近百年的屈辱。梁啟超先生的《呵旁觀者文》，百年的怒氣仍留在紙上，百年後的今日，仍有不盡的狗官。

岱廟已超過二千年歷史，幾樹漢柏參天。手撫着樹身，彷彿與千多年前的前人握手，一幕幕大漢風光浮於眼前。泰山的天階商業味道很濃，但掩不住那橫空而立的氣勢。登上了最高點，又站在孔子登山處，「會當凌絕嶺，一覽眾山小」的氣魄湧上心胸。自古而今，多少人都希望立萬揚名，有益於世。至此，是感觸遠多於磅礴。

嶗山古樹參天，青蔥悦目，使人心曠神怡，《聊齋誌異》就在此間完成。鬼狐不可怕，只取所需；最怕是人心，貪得無厭，多得蒲松齡為我們訴説因果變幻。

遙望青島的海，帶我遊走於千年時空，與如在目前的偉者賢人對話。我感謝上蒼生我於中土，讓我能親炙聖人之心。

（原載樹仁大學《仁聲》）

初見黃河壺口有感

11 月與學生到西安交流，拜訪了西安工程大學。其中一個環節是到黃河壺口，這是我要求旅行社的特別安排，因為一般行程不會花一整天的時間來回，就是為看一個景點。

天氣陰霾，經常帶點細雨。經過約七小時的車程，我們從西安到達壺口，下車後，要行一小段路。遠遠傳來急濤巨響，轟轟隆隆，漸近耳邊。空氣飄浮着水點，恍似冒起陣陣煙霧，寒風似冰，浪聲漸大，人聲漸細，黃河壺口就在眼前。黃河上游的滾滾流水，至晉陝峽谷，忽然由三百多米的寬闊河面，驟然束縛於五十多米闊跌入二十多米深的石槽，如萬馬奔騰，空谷回音。

由先秦至 1949 年的二千五百多年中，黃河下游決溢一千五百九十多次，改道 26 次。黃河有利中國農業發展，功勞至大，可是，中國人就與此河搏鬥了幾千年。

心情激盪，不獨是這裏氣勢磅礡，而且是文化的起源、中國人性格的象徵。我向同行的同學解釋，中華文化，亦

黃河壺口

稱華夏文化，廣義的理解為所有中國地區以儒家、道教思想為核心的文化。華夏之稱，一般的理解是指華山夏水，華山少有異議，但「夏」則意見分歧，有謂是指夏水、夏蟬或居室等。無論如何詮釋，當是指較高文化的民族。

我們自稱「黃帝子孫」或「炎黃子孫」，是因為我們的文化源起於古代兩位共主黃帝和炎帝（神農氏），距今約四千至五千年前。仰韶文化出土的陶器製品，更證明了中國文化的高度文明，已超過七千年以上。

歷史上的幾次民族融和，都挾着長久的戰爭。五胡亂華，北方貴族平民大量遷徙南方，建立僑州、僑郡，與秦末已移居南方的客家人，將北方文化帶到南方。北方開展了百多年黑暗的殺戮時代，先後建立大小不一的數十個國家。不斷的戰爭，令到游牧民族不斷與中原文化統合。雖然顏之推反對學鮮卑語去事奉公卿（見《顏氏家訓·教子》），但是，語言與風尚的結合就是在這種情況下磨合的。

第二次大規模的文化南移是「安史之亂」以後。這次的遷移，將文學思想、典章制度、民族民情等都帶到南方。南方歷史上就有了李璟、李煜、孟昶、馮延巳等文人帝王

參觀黃河壺口後，向學生講解中華文化的起源，並由學生筆錄記下重點。

與將相。

第三次文化融和，是北宋滅亡。我們的詞家才女李清照也是這時候南來，一句「炙手可熱心可寒」，道出北宋滅亡的先兆。

北宋的南來，豐富了南方的文化。幾次的融和，匈奴、氐、羯、羌、鮮卑等胡族都不見了。只剩下北方人和南方人，而南方人卻流着北方血液，承繼了中原文化。滔滔流水，湧着的是一個偉大文化的興起。我，恍似回到祖庭。

（原載於《信報》）

「中國北極」漠河交流

2016年11月底，我帶同約二十位同學經哈爾濱到達黑龍江省大興安嶺北麓的漠河縣訪問交流。漠河縣是中國緯度最高的縣，與俄羅斯隔江相望，有「中國北極」之稱。11月的漠河，氣溫總在攝氏零下30至30度之間。漫天雪花，好美，同時是鍛煉同學耐寒與意志的好地方。

我們在哈爾濱逗留兩天，然後乘坐約15小時的臥鋪火車前往漠河。臥鋪是一邊三鋪，沒有房門，通道有摺椅，任何人都可坐下來。為同學安全，老師們睡在左右最開的床鋪，中間全是學生。大部份同學初次出門，竟然沒有埋怨地方龐雜不潔，這令我非常高興。

初抵漠河，剛好清晨時分，微橙的晨光，混着幾縷輕煙，偶然的幾片飄雪，美得我的學生大叫起來。原來美景的背後，是刺肉的寒冷。

第一站是在黑龍江邊遙望俄羅斯，看着漁夫在結冰的江上捕魚。同學在雪堆中奔跑和滑雪，看見同學的歡笑，想起雪，真是一份驚，一份喜。第二站是1987年大興安嶺特大山火的紀念館，看見整個勁濤鎮毀於一旦，令人心情沉重。

到訪「中國北極」漠河

我們訪問的學校是漠河的中學，是中國最北的學校。令我詫異的是學校的牆壁都掛着《論語》和《孟子》的訓勉金句。校長簡單介紹了學校的歷史，最令人鼓舞的是近年政府撥款重修學校，還有另一新校也完成建築，外形極之現代化，帶有歐洲和俄羅斯的建築特色，門前矗立着孔子的雕像。其後，我們進入課室，老師和學生早已在課室等候。我坐在最後排，看到黑板上掛着「熱烈歡迎香港孔聖堂中學走進最北課堂」，在我後面又掛上「博學慎思、明辨篤行」八字。當時心中已是一陣激動，「博學慎思、明辨篤行」出自《中庸》，是學者對自己的要求：廣泛求學，經過自己的思慮，實踐於行為上，以「誠」對待自己的弱點及長處，擇善而固執，誓不作鄉愿。中國在長期摸索中，

與當地同學一起上課

重返固有的傳統道德，千迴百轉，還是回到人類的「親親人、老吾老、幼吾幼」的關愛起步點。

漠河的老師解說中國詩句，即席要求同學背誦著名詩句，又要求同學背誦《弟子規》等。令人喜出望外的是學生對儒家的教誨，看得出是經過一段長時間的學習，並不是隨便拿來接待客人。老師更邀請我校學生一起背誦《論語》或《弟子規》，我們則選擇了《禮運・大同》篇，學生亦不辱命，全體站起來，聲調鏗鏘地朗誦起來。我校學生不論任何國籍，均需背誦〈大同〉篇。

餘下的時間，是學生交流，他們分成小組，述說自己求學的狀況、所在地的生活及互贈禮物。此外，我和學生更接受了當地傳媒的訪問。交流只是一個早上，卻令我思潮起伏，中國道德教育的路向，在我腦內盤旋不去。

（原載於《信報》）

山區彝族的淳樸與熱情

9 月 21 至 27 日，我帶同十位同學與香港及深圳其他三所學校的學生，前往四川西昌探訪少數民族彝族。最初兩天，當地單位安排介紹彝族的基本知識及文化特色，包括彝族的歷史、語言、傳說、服飾、食物等等。隨團的還有西昌學院的彝族名教授俄木．沙馬．牧璣先生，俄木先生向我們很細緻的解說彝族的風俗和歷史。他更是電視劇《西遊記》彝族語主題曲的演唱者，他聲調高亢，唱歌時熱情滿溢，有強烈的少數民族風情。我很驚訝的是很多彝族的傳說都與漢族傳說相似，例如天空出現多個太陽、禽鳥與人類的愛情故事等。

今次探訪的重點是山區小學、幼稚園及農家居民。學校在山區，道路崎嶇狹窄，但環境天然，主要是草屋泥屋，間中看見新建的現代樓房，觸目皆綠草田野，四處農家依舊飼養禽畜。我們的車隊找了一段時間才到達位於山腰的賀波樂鄉學校，校長阿說木加先生親自迎接。學校有新舊校舍，新校舍是政府出資，剛完成建築，是新型的現代校舍，教室和特別室都與香港一般無異。其後，我們參觀了音樂室、藝術室、教員室等。新校舍給小學及幼稚園上課，午膳時間則與高小同學一起在舊校舍用餐。

阿說木加邀請我向山區學校師生作了簡單的講話後，就開始交流活動。我校同學與小學生一起吃午飯，所有主菜和米飯，都是小學生負責派發。平日吃的主要是蔬菜，今次特別接待我們，多了些肉碎。當地的主糧是土豆（薯仔）、粟米等。香港的代表與當地有名聲的長輩、教師共膳。校長告訴我，學校最困難的是聘請英語教師，幾乎無人願意到山區任教，而學校的支出又不足應付該校老師到外地受訓。他知道要發展山區，英語和普通話都是非常重要，並會繼續盡力發展。

我的學生則跟小學生彈結他、唱歌、閒談，非常投入愉快。當地學生頗害羞，在我旁邊走來走去，就是不敢與我說話。據校長告訴我，學生大部份是貧窮人家，住在山區，很少見外人。有些同學住在幾里外的地方，需要半夜起床，行走兩個多小時才能回校上課及用早餐。

午餐後，我們作了一場籃球友誼賽，並與當地師生一起跳彝族的傳統舞蹈。整所學校的師生挽手跳舞，也是一

孔聖堂到彝族山區學校進行交流，跟當地師生一起上課、吃午飯、打籃球、跳舞等。

除了帶領學生到四川跟彝族交流外，也曾率團探訪武漢的土家族。

種特別的經驗。最後是探訪當地居民，房舍以木及石為主要材料，與禽畜同住，有豬有雞，也有正在晾曬的粟米。很可惜，我們的學生接受不了禽畜和廁所的氣味，很多時只站在門外，這就是城市人與農民的分別。我告訴同學，你們一天也不能忍受，別人卻在這環境下長大，希望同學透過認識偏遠地區的貧窮學生，能夠珍惜自己現處的環境，也為別人的艱苦而起同情心。

（原載於《信報》）

初度陽關、玉門關
——記「一帶一路」敦煌交流

2018年10月，我隨直資議會成員，往敦煌交流，得到當地教育部門接待，親身體驗當地中小學的教學情況。交流活動中，其中一站是陽關及玉門關，是我首次親訪這兩處歷史名關。張騫通西域後，打通了中西的絲綢之路，漢武帝為方便與西域通商交往，設立陽關及玉門關。

我們先遊覽陽關舊址，原地興建了不少古式建築，包括關隘、城池、酒店、刑場、軍屯及出關公署等。我們一行人，購買了出關通牒，有紙製及竹片等幾種。乘車上陽關舊址，極目蒼然，左邊是一片綠洲，遠望是連綿雪山，腳下是黃沙瘠地。從山上向下望，一道寬闊的大道，導遊說這就是來往西域、中原的主要幹道。腦海中忽然盤旋《史記．貨殖列傳》：「天下熙熙，皆為利來；天下攘攘，皆為利往」之句，商旅進入踐艱蹈死的沙漠，與不能預知的天氣與環境搏鬥，無非為利。但這個唯利的願望，卻成就了中西文化的交流，為開創大唐文化提供重要元素，令當代中國文化，震驚世界。

默然想起，被詡為「堅忍磊落奇男子，世界史開幕第一人」的張騫。建元二年（公元前139年）張騫奉漢武帝命，率領一百多人，從隴西（今甘肅）往嬀水流域一帶，以期接觸西域諸國，結成聯盟，以斷匈奴右臂。張騫卻在祁連山被匈奴俘虜，然而得到禮遇，匈奴王更給張騫娶妻生子。可是，張騫堅持漢節，其後逃回漢地。雖然如此，但他已在大夏看到蜀布、邛竹杖等中國產物在外國，同時也見識了有「天馬」之稱的汗血馬。張騫兩使西域、兩次被俘，終開創了絲綢之路的中線，令對西域茫昧無知的漢人，眼界開遠，也令西域使節，傾倒於中國文化。張騫之功，可謂無與倫比。幾乎可以說，張騫是以生命換來中西文化交流。往後，大量的西域產品傳入中國，而中國絲綢亦風靡西域，遠至歐洲。說他是開創世界史第一人，此言非虛。

古代約十數里建關城烽燧一座，互通消息，現在只得一座較完好的烽燧。據記載，陽關本漢置，在渭水之南道，西通鄯善、莎車。現在的陽關舊址，出關後，則西通石城、于闐等南路國家。如此即表示，歷代的陽關舊址是會因應環境改變而移動，相信玉門關也是同樣的情況。據出土文物研究，各新舊關址相距，應在二百公里之內。無論如何，一出陽關，即是步入西域的第一步，有多少危險，難以言喻。

當大家陶醉眼前光景，一位團友唱起王維的《渭城曲》:「渭城朝雨浥輕塵，客舍青青柳色新。勸君更盡一杯酒，西出陽關無故人。」歌聲婉轉，唱出了旅人的孤寂與無憑。站立在此山頭，心潮起伏，中西的結盟與攻伐，對人類來説，不知是禍，還是福。

從陽關到玉門關有一段車程，經過戈壁沙漠，沙質灰黑，不似一般沙漠黃沙。無際的礫石，據記載因為沙漠會有突然而來的旋風。我們在漢長城下拍照，日影斜曛，彷彿看見死在沙裏的旅人與軍士。唐代王昌齡的「青海長雲暗雪山，孤城遙望玉門關。 黃沙百戰穿金甲，不破樓蘭終不還」，還有「秦時明月漢時關，萬里長征人未還。但使龍城飛將在，不教胡馬度陰山」，都浮現出來，同時也隱隱看見戰爭的慘烈。

玉門關，又稱小方盤城，位於敦煌市西北九十公里處。玉門關之得名，據説是西域的和田玉，大多經此地而入中國，故而得名。據《漢書 · 地理志》，玉門關與陽關，均位於敦煌郡龍勒縣境，皆為都尉治所，為重要的屯兵之地。當時中原與西域交通莫不取道兩關。

從出土的烽燧遺址估計，這裏發生的戰爭多不勝數，就以唐高祖與太宗兩朝計算，發生在西北部的戰爭約四十多次，與突厥、吐谷渾、吐蕃、僚人等發生多次衝突。從漢代開始，貿易與戰爭似乎是兩兄弟，經常一起出現。

令人神往的是司馬遷譽之「桃李不言，下自成蹊」的漢代「飛將軍」李廣。還有，是令人嘆息的李廣利，因為武帝喜愛汗血馬，命李廣利先後派兵二十萬，無數牛馬強攻大宛，最後剩得萬餘軍士、千餘汗血馬進入玉門關。我想，軍士如有知，二千年以後，仍會帶着悲泣的叫冤。

唐代岑參的《玉門關蓋將軍歌》：「玉門關城迥且孤，黃沙萬里白草枯。南鄰犬戎北接胡，將軍到來備不虞。五千甲兵膽力粗，軍中無事但歡娛……」說出了唐代在玉門關有部署守兵。五千是約數，但相信人數不少。唐初經常與突厥發生衝突，因此限制出關。在這環境下，出現了一位震古鑠今的人物——玄奘法師。

玄奘法師，是我一生稽首禮拜的大師。玄奘法師西行求經，於唐貞觀三年（公元 629 年）混入難民隊伍，冒險出關，到印度取經。經涼州、出玉門關外莫賀延磧，橫沙八百多里，全無飛鳥走獸，白天熱氣如火，晚上則寒風似刀。玄奘卻孤身一人只有靠白骨和駝糞認路，矢志取經。甚至連僅有的清水打翻，前面只餘死路，在滴水不進的情況下，堅持前行了四夜五天，寧死誓不東歸。玄奘以超人毅力翻越雪山，經過達伊吾、高昌，最後抵達印度那爛陀寺，成為戒賢大師的弟子。據記載，玄奘曾經歷一百一十多個不同國家，受到各地國王、大德所尊重。

最令我神往的是「曲女城大辯論」，玄奘法師與外道討論佛法，與會者除二千外道外，還有古印度 18 名國君，僧侶三千。氣魄與信心磅礴的玄奘法師，在會場張貼告示，若有能破一字者，「斬首相謝」。玄奘法師乃真有辯才無礙的天才，令千年以後的我，仍折服得五體投地。

站在只有數百平方尺的小方盤城，滿眼是無際的沙跡，風吹草動，幾位交通西域的偉人事蹟排演腦際。天地茫然，人貴立志。寫了三詩記載此間心情：

《遊戈壁》

風光臨塞外　　憶惜漢唐功
破石留名將　　單騎逼敵瞳
牧羊冰雪地　　鎩羽陰山戎
當日持戈地　　提杯一笑融

灘頭歲月頻相斫　黑石無風尚帶腥
萬里捲雲無去路　伶仃孤鬼哭幽冥
耳聽鳴鏑膽先怯　身喪櫬棺目不瞑
多少家書塵覆面　良人沙上骨丁零

箭聲寒戍士　　霜月照閨人
沙磧埋屍骨　　土焦記馬痕
隱聆楊柳怨　　更染玉關塵
滾滾黃河水　　乍疑壯士呻

（原載於直資議會「一帶一路敦煌文化教育考察團活動紀念二〇一八」）

寒夜憶師

暮冬，邀請了小思老師、關應良先生、洪肇平教授及幾位前輩老師，到尖沙咀有數十年歷史的泰豐廔聚會。寒風凜冽，混着鼎沸人聲、車聲，求學時與老師共聚的情況，恍然在目。

與席的幾位前輩超過四十年沒見面了，今番重遇，別是一番滋味在心頭。往事與趣事，就是求學時期與老師的關係。席中提到曾聚首曾克耑老師家中，曾老師善調北方菜，當日竟有六款有湯水的小菜。味美，但每人都「一肚水」！一陣回憶歡笑，大家都陶醉在求學時期的情懷。理想，就是我們的年代。當年錢穆先生沉思的樣子、唐君毅先生教學的投入，都成為今日的談話內容。

七、八十年代的老師，因抗戰與政治關係，有點無可奈何的避走香江。對國家的熱情，對傳統文化的繼承，都成了他們的使命。新舊文化交接，中西傳統磨合的時期，他們陷於積弱與振興的漩渦中，要為中華民族尋出路，也要將文化傳統延續下去。每位老師，都是一個故事，錢穆先生、吳俊升先生、唐君毅先生、牟宗三先生、全漢昇先生、嚴耕望先生等，都有自己的心事。

在樹仁就讀，遇到湯定宇老師，他那種急於傳承文化的神態，至今仍在夢際迴旋。吳天任、潘小磐、翁一鶴、溫中行、黃思騁、石磊、司馬長風等諸位老師，給了我無窮無盡的學術空間，為我的青春添上迷人的色彩。八十年代初，我跟隨全漢昇老師研習經濟史，碩士、博士都是跟隨全先生，親炙老師關懷學生的熱腸。記得我申請就讀博士班時，老師就希望我放棄晚上的兼職，否則寫不出一篇好論文。有一次老師問我日常開支數目，還說如果有需要，他可以提供我日常的開支，要我專心寫論文。每次憶及這份情誼，我都心頭一震，無以報答。老師亦曾說過，他在北京求學時，得到多位老師的支援及資助，每念於此，他都眼淚盈睫。老師，我必然將這愛護學生的心延續下去。

博士畢業，全老師又鼓勵我到美國作博士後研究，還千叮萬囑，要尊重前輩學者，多向他們請益。凡此種種，能見於現代學者的，絕對不多。特別在寒夜，憶起在追求學問的路途上，遇到各位老師的關顧，啟我愚蒙——嚴耕望、牟宗三、羅夢冊、張仁青、霍韜晦、逯耀東、汪中等諸位先生的身影，總是帶着溫暖和風吹拂我身。

（原載於《信報》）

雁聲篇

母親，再見

2007 年 10 月 16 日，氣溫約廿四度，乾燥，天空蒙上薄薄的灰，似帶着無限的鬱結。中國共產黨剛開始第十七次全國代表大會，幾位新晉紅人受萬人矚目，各界測度他們的政治前途，沸騰熱鬧。香港政府兩位前女高官在角逐補選立法會議席上，拳來腳往，傳媒討論不休，能者各抒己見，猜測結果。香港股市指數屢創新高，市面喜氣洋洋，卻又隱藏擾擾攘攘。這些國際政治、經濟大事觸動了大部份人的神經，但似乎都與我無干，因為母親在今天逝世。

眾兄弟姊妹中，我是最愚鈍的一個。四歲上課時認不得課室，在門外大哭；回家又認不得住址，在樓梯大哭。老師安慰我，叫我認着課室門口的白兔標記；明天回校我又哭，因為發覺幾間班房都是白兔，只是顏色不同，我只認得白兔的形狀，卻忘記了顏色。

上小學後，幾乎每星期都遺失了鉛筆、擦膠、間尺，最嚴重的是連飯壺、書包、校褸都忘記帶回家。每次都氣得母親「啼笑皆非」，打不是，罵又不是。有時母親會憤怒得拉着我耳朵說：「你的眼耳口鼻若不是黏着在臉上，看也遺留在學校了。」我上五年級時還未懂得綁鞋帶，上六年級時仍不懂結領帶。

小二時開始學作文，劉老師很用心教標點和分段。結果是我的作文沒有分段，只有一個句號。謄文時，她再叮嚼我一次，結果還是沒有分段，句句都是句號。放學後，她留我在校，用另一張紙將文章的格式寫下，再叮囑句號之後是分段，新的段落要低兩格。結果，我每個句號之後都低兩格。她回來一看，兩眼冒火，臉頰泛紅，由紅變青，由青變紅。我呆呆的望着她，她突然鼓起最大的力量，劈頭一掌，我登時臉龐發熱。我沒有哭，她，倒哭得死去活來。最後，她還打斷了兩把竹間尺。

其後，劉老師要見家長。我記得劉老師向母親述說我上課的情況及功課表現，結論是懷疑我的智力有問題。我只記得母親不住點頭，手掌卻不斷撫摸我的頭髮。母親沒有罵我，也沒有打我。幾天後，我多了一位補習老師。我長大後才知道，那時的補習費每月約 15 元到 20 元，但家中的收入不到 100 元，扣除房租水電，每天的開支不到一元。無論我如何的魯鈍，都得到母親的庇護。人到中年，某次記起此事，我跟母親說，你這 20 元恐怕我今生今世也還不清。

母親，你這 20 元恐怕我今生今世也還不清！圖為大學畢業時與母親合照。

小時候，家中窮得很。浮在腦海中的母親印象總是穿膠花、剪線頭、鈎線頭的動作。有幾次吃飯時候到了，母親很久也沒有開飯。我實在太餓，就自己打開了飯煲，加點醬油豬油，吃了碗飯，然後跟母親說要到街外玩耍。母親只點頭，沒有其他反應，或許是暗自在流淚。下次我打開了飯煲蓋，就多了番薯，有時是芋頭。我很記得，你有時用不忍的眼神看着我們兄弟吃飯，但你知否這眼神是溫柔與憐憫的結晶？它傳遞着你的愛，也成了我美好的回憶。我們雖然並不富貴，但都能完整地成長。母親，你知道嗎？這些芋頭、番薯成了我終生喜愛的食物；沒有餸菜的白飯，吃了幾天還在吃的魚、腐乳和鹹蛋，都成了我生命中美麗的片段。

有次母親和姐姐談論我的將來，她很擔心這個兒子，不知他將來如何養活自己。跟着唉聲嘆氣，定睛地看了我一會。我至今仍難忘的，是你那幽幽的眼神和幾聲無奈的嘆氣。我圍伏地上拍「公仔紙」，眼睛沒有看你們。我沒有擔憂，仍然很愉快地拍「公仔紙」，因為這些擔憂全放在你的肩上。

假日，你總要我幫手剪線頭，鈎線頭。完成後，一般你都准我到外邊玩耍，但總會叮囑我不能到山溪游泳，説那很危險。我總是不聽，偷偷地走去。每次回家，你就拿着籐條打我，我雖然死不認到山溪游泳，但你毫不理會，只是猛打。試了幾次，你好像有千里眼，而且很肯定沒有冤枉我。給你打得多，有一次挨在你的身邊問：「為甚麼你知道我一定去了溪邊游泳，沒有冤枉我呢？」那次你笑了起來說：「傻仔，如果你到街邊玩，你的腳趾會滿是泥垢，黑色的；若果你回家時，腳趾是乾乾淨淨的，一定是去了游泳。」這時我才恍然大悟。

母親，你令我擁有一般孩子的童年回憶，讓我在貧窮但愉快的氛圍中成長。童年時在溪邊游泳，在斜坡玩滑梯，在竹林攀跳，在深山捉豹虎（金絲貓），還有摘山稔、捉蟑螂、煲四腳蛇，這些小孩時的經歷，至今我仍能娓娓道來。我的童年在無憂無慮中度過，與高山河水一同長大，孕育了我的胸襟，也造就了我的人格，讓我懂得與人分享，這些都是你給我的。

有一次我和小朋友互扔石塊，玩得興高采烈之際，頭部被扔中，血流如注。你用最原始的方法替我消毒及止血。過了數天，你帶了祭品到我受傷的地方與各方神祇理論，希望他們不要再傷害你的兒子。你在喃喃自語，我在暗暗偷笑。你要保護你的兒子，不受任何人的傷害，包括你不認識的神。

又有一次，我在摩士公園放船仔，踹了玻璃，結果要到醫院縫了七針。你看見我時，一邊罵，一邊哭，然後背着我回家。我家住在六樓，有好幾次你要停下來喘氣，因為不願我自己步行回家，待你喘完氣，又再背我上樓梯。母親，這個情景，你叫我如何忘記？

有時，我嚷着你講故事，你獨自創作了很多歷史故事給我聽：蔣介石和毛澤東是好朋友，他們聯手對抗日本；共產黨和國民黨合作，逃避美國的苛索；共產黨不費一兵一卒就佔領中國等等。小時候聽得津津有味，可是長大了知你的故事是杜撰，就經常拿來挖苦你。某次兩母子又為此對罵，你氣沖沖的走回房間，我向你道歉，想不到你哭了起來。你性格固執又頑強，竟然也哭了起來。現在才知道當時你受的委屈。母親，你目不識丁，連自己的名字也寫不出，卻要為兒子說歷史故事，搜索枯腸地憑空去編撰故事來安撫兒子，想不到最後倒給兒子用來挖苦自己。你的難堪，抱歉我很遲才知道。

書本上有不明白的東西，我和其他孩子一樣，會向母親討教。很奇怪，在我心目中，英文、數學、中文好像你都一一解答。到現在我也不明白，你的知識從何而來？最難忘的是你忽然背了「不堪回首望神州」，我不懂得，卻感覺優美。我不獨要向你致敬，也必須向你那個苦難年代的女性致敬。委屈、堅毅與苦撐都鎔鑄在你們的心靈，你們孕蔓着無盡的愛意與憐惜，去培育下一代，讓他們有更美好的生命。

中四我選讀文科，大專我選讀中國文學，都令你生氣，連夜與我討論，一家人很少有這樣的大衝突。可是，某天放學回家，看見你為我心愛的書籍包上膠紙，我就知道你內心是支持我的。當我為人師表，某次有位家長來懇求我，想幫忙勸他的兒子不要唸哲學系。我很懷疑的問他原因，他說每個家長都希望自己的子女能入讀賺大錢的學系，免得將來受苦。這時我才明白你的用心，當日無限的委屈與不平，都化作千萬縷柔絲，繫着當日的愁鬱，沁出絲絲的甜意。

媽、老媽子、老母，這些都是我們幾姊弟對你的稱呼，簡單直接，但每個稱呼都代表我們對你的愛和尊重。

媽，你出生於最動盪的時代，生活於最苦難的中國。你經歷內戰、抗戰，跟着又是內戰。其後到了香港，開始你勞碌的一生。你經歷石硤尾大火、暴動、制水、經濟蕭條，甚至丈夫離開人世，然後獨力支持家庭。父親去世時，我只得三歲，很難想像你有勇氣隻身養育四個孩子。沒有那種「死就死」的固執性格，你的兒子根本就不能正常成長。就算現在，我仍能感受到你當日的徬徨、無助與矛盾。我深深相信，你一定思量過餘下的一生，該怎樣走下去？該如何面對無法預料的未來？我亦相信你已有足夠的心理準備開展你苦難的一生，是義無反顧的。我究竟應該如何報答你無私的奉獻和那沒有明天的苦撐呢？

你用你無比的毅力、堅持，單身隻手扶起一頭家。在我成長的記憶中，幾乎只有你一人死命的拚下去。能夠這樣，相信是你的堅執與無悔。

現在我回憶你的身影，依舊是在剪線頭、穿膠花、鈎線頭。這幾天我曾夢見你拿着鑊鏟微笑地問我想吃甚麼菜呢！回憶中你的這個形象，是我們一家人最快樂的日子印記。那時候，一家人通宵達旦暢談，開懷的笑聲不絕於耳，是你令我領悟到甚麼是幸福。

幾位著名學者在回憶他們母親的文章中都帶有遺憾，他們只能在喃喃的夢囈、簌簌的熱淚中，在母親墓前訴説情懷。他們相遇時各自述説母親的偉大，發現所有母親只有一個宏願，就是子女成才，即使要她們在晚年寂寞地度過，也在所不惜。他們一時激動，舉起酒杯，為他們苦難的母親歡呼。

很多感謝你的説話我始終沒有宣諸於口，我記得中學時只對你説過只有媽媽的愛最無私，你已經笑得很開心。媽，我不知道如何才能報答你！我只能夠教我的學生一個道理：「父母恩難報」。

電話聲響起，囑我趕往醫院，臉上恍似鋪上了一幕薄紗，與這世界隔絕。甚麼聲音都聽不入耳，腦際只有你的眼神。冷冰冰的隔離病房，濃烈的消毒藥水氣味，惱人的起搏器聲音，還有母親無助的眼神，幾次望我，此情此景，情何以堪。我鼓着勇氣，坐在你的身旁，為你作臨終引導：訴説人間的苦況，訴説不應眷戀的人情，訴説苦難的人生，解釋你已完成任務，要求你撒手而去。我態度自然，可是顫抖不經意地傳遍全身。這一刻，我要送別我的母親。隨着心跳機的寂靜，來了幾下哭聲，又是一陣寂靜，又是一陣哭聲，我冷冷地説：「走吧！母親，再見。」我沒有流淚，沒有悲泣，只有不住的顫抖。

菩薩是本着他們的慈悲來這世間渡人，你們那一代的母親，沒有一個不是傾盡所能維持家族，終生扶持你們的兒女成人。這是你們一生的使命，也是你們的悲願。你們責無旁貸，義無反顧地完成任務。我今起願，願我今生及過去世一切唸佛的功德迴向給你。母親，你完成了你的任務，願佛力神力送你重返瑤池佛國，再見。

(原載樹仁大學《仁聲》)

杖履追隨——憶湯定宇老師

1978 年進入樹仁中文系，當時並無心理準備，要付出大量精神研讀經典文獻才能畢業。樹仁校舍在灣仔萬茂里，門前石路斜徑向下伸延至皇后大道中，兩旁都是密茂樹木，幾樹紅棉，仰天而立，不愧「萬茂」之名。夏風習習，秋葉飄飄，四年的青春，就在老師的熱誠關愛中、同學的砥礪扶持裏，開展我人生的另一個步伐。開學之初，首先向我們同學講話的是許賜成主任，還記得他極力讚賞湯定宇老師，要我們好好學習。

第一次見湯老師是上「古籍導讀」的課，他面帶笑容，瓜子面形，中等身材，皤皤白髮，一目失明，架着眼鏡，穿的外衣，不似西服，也不像中山裝。老師常常自嘲「白頭翁」，可能他以為自己常逼學生看書，應該有個不好的別號，其實，他的別號是「湯先生」。上課最先教的是范希曾《書目答問補正》的序，其後名篇選講。上課前，湯老師列出二十多本參考書籍，例如阮元重刻宋本《十三經注疏》選篇、屈萬里《古籍導讀》、葉昌熾《語石》、朱劍心《金石學》、章太炎《國學略說》等。老師經常告訴我們，著名學者的治學態度和奮進過程，尤其是錢穆先生、全漢昇先生及嚴耕望先生等，老師對幾位學者推崇備至，還用「不得了」來形容他們的學問，使我神往良久。

湯老師對書籍版本及各種注本的內容都很注重，細意解釋，希望我們理解每個注本都有特色，如程樹德《論語集釋》、盧弼《三國志集解》、吳士鑑《晉書斠注》等等，可謂「琳瑯滿目」，使我們這些初學者嚇得目瞪口呆。還有一小節是，老師喜歡突然問書，答對加分，答錯扣分，我自然少不免捱罵。每次我答不出，老師就會氣急敗壞地說：「來不及！來不及啦！還不看書！」跟着低頭記錄要扣我分。同學都奇怪老師為何常說「來不及」，到了現在，我已年過半百，才知真的來不及了，因為要看的基本書籍已不少，如果要深入理解一課題，非十年八載不能入門——始知老師當時為何憂急如焚。

其後是教授經學，以〈堯典〉及〈舜典〉為教材，沒有標點，要自行句讀。上課時老師要同學先唸出來，然後才解釋，還囑咐同學要將《尚書》不同體裁的文章看一遍，我就看了〈五子之歌〉、〈康誥〉、〈酒誥〉、〈泰誓〉及〈秦

能跟隨湯定宇老師學習，是我一生最幸運的際遇。圖為與湯老師合照。

誓〉等。可是考試不是考這些，五十道填充題，每題兩分，題目主要來自章太炎先生的《國學略說》和錢穆先生的《國學概論》，旁及《語石》、《金石學》等書籍，考的是實實在在的死功夫。我當然不合格，十幾位不合格的同學都有被老師騙了的感覺，考試內容與教授內容不相符。我當然要重修，逐句逐頁的看《國學略說》，但有同學就轉了系。

由於老師的嚴格，部份同學選科就盡量避免選老師的課，我卻將老師四年所教的課全選了。我資質魯鈍，不合格了三次，除「古籍導讀」外，還有「西洋通史」和「中國文化史」。最「經典」是「中國文化史」不合格的原因，是我寫錯了唐代科舉重視「辭章」的「辭」字，我寫了「詞」，和寫錯「收斂」的「斂」字。老師說我就畢業了，連這些字都寫錯，將來誤人子弟，不能饒恕，每字扣十多分。我當時啞然失聲，唯有補考，但這事情就成為師弟妹茶餘飯後的熱話，因此，我畢業的積點（GPA），實不足為外人道也。

老師教的科目，包括專書《三國志》、《史記》等，我都逐字逐句的讀，所用的版本多是要自行斷句的。老師問我，看了書，有沒有令你拍案叫絕的文章。我答了《史記·刺客列傳》，老師笑了說要有自己的看法。我謹記在心。有次我問九族是甚麼？老師沒有直接答我，還說：「你看書不透徹，回去再看《尚書》，尤其是註釋。」

老師上課的認真態度，於今仍歷歷在目。當初我讀中文系，以為可以蒙混過關，取得文憑後，謀取兩餐一宿的安穩生活就足夠。誰知老師第一課就向我們解說鍾期榮校長建立樹仁的目的，不單是提供一處進修專上教育的地方，更遠大的目標是承接早受文化大革命摧毀得面目全非的中華文化與道德價值觀。說到激動處，老師甚至會失聲。老師還記得他有位數學老師，身患哮喘，被紅衛兵迫着跑步，至死為止。老師說完竟數分鐘說不出話來，整班同學也靜下來。老師經常提醒我們，國內的學者不可能用自己的意志與思維去理解中國文化，凡事要聽黨的指引，你們有自由的空間，卻不好好學習。老師對家國文化憂心的聲音，至今仍縈繞耳際。

我考進新亞研究所，第一時間告訴老師。老師要我一定要聽全漢昇老師、嚴耕望老師的課，他循循善誘、諄諄教誨的影子，恍如昨日。老師細意叮嚀，殷切期望我不要放棄研究，要用心於學術，不要辱沒新亞名聲。老師師承錢穆先生，錢先生十分器重老師。新亞是錢先生開創的，老師對我有此寄望，亦意料之內。如此，我與新亞結下四分一世紀的情誼，親炙當世碩學巨擘的風儀，得全師漢昇先生的耳提面命，得嚴耕望老師的手澤面訓，更得以親聆當世哲學巨匠牟宗三先生的課。

畢業後，初執教鞭，竟自覺游刃有餘，始知老師當年所訂的課程，廣博而深入，可謂包羅經史子集，所選篇章及取材均為典型名篇。有一次與某位老師談論《史記》，對方竟未看《四史知意》、《太史公書義法》，還信口開河，謗及古人。我旁徵博引，以《史記》內容辯駁，對方啞口無言，但還要顧及面子說「不一定要看過《史記》才能討論《史記》」的謬論！自離校至今，曾任教於中學、大學、研究所，然未嘗辱及老師，始知老師當日強迫課業的苦心。

每逢暑假和農曆新年，我都會主動約老師吃飯。有時會與其他年份畢業的同學一起，間中也會與其他院校的教授一起。當我叫較名貴的菜式時，老師都會罵我「笨」，如果是部長介紹的，我就「笨上笨」。我們經常談論樹仁同學的近況，有一次老師致電給我，非常讚賞鄭港霞同學，認為她是不可多得的人才。因為老師知道鄭同學是我任教中學的學生，竟然要多謝我培育出這樣的人才。我罕有地不知如何對答，就只有希望老師格外栽培，從此事可看見老師對文化傳承是如何的憂心如焚。我結婚時，老師在賀柬上端正寫上我的名字，到達會場，我和內子親自奉茶，以執弟子之禮。

每次聚餐，老師都會不期然地問書，有一次我說我曾上詩學名教授汪中的課，老師就背了一首杜甫詩問我的看法。我答不上去，老師就打趣地說：「下次見面都是少點論學。」又有一次，老師忽然問起吳士鑑的《晉書斠注》，我嚇了一跳，也是答不上，老師也說：「不錯呀！還記得書名，總算是教了你。」

老師謝世前的暑假，與我在九龍城午膳，老師忽然從袋中取出《地藏菩薩本願經》給我看。我看了臉色一沉，很不高興，因為《地藏經》通常是臨終前誦讀的。老師見我不快，說是我的師弟妹送給的，看他們多有心。老師是基督徒，胸襟如此的闊，他看透死生的神情，歷歷在目。老師即場問我對《六祖壇經》與中國文化的理解，我說最難明是不判是非、不執一端、無可無不可的境界。其實孔子已經說過「無可，無不可」、「無適也，無莫也」，應該是最接近壇經的境界。老師笑笑說，很好，很好！他要我看的書，我都看了。其實，老師要我看的書我還未看足。想不到那一次是兩師徒最後一次見面，亦是最後一次請益。世事茫茫，人到中年，真是百般滋味在心頭。

那年的聖誕假期，九龍城的唐樓據聞要清拆，老師希望搬家至西環。程光敏兄請求我開車陪老師到西環租樓，我答應農曆年後會主動約老師。想不到那年的農曆新年，公元 1999 年 2 月 2 日，老師息勞歸主，我要到靈堂與老師見面。清明時節，忽然想起與樹仁老師們的情誼，那種感激，無法言喻，寫下了一首詩：

《清明懷師》

黯然惟別矣　　此日意闌珊
艱苦道傳切　　憐愚訓語繁
精魂何處是　　瘦骨敵霜難
五濁浮沉倦　　長思清杏壇

現在我的書桌上，放着湯定宇老師的照片，用以勖勉自己為人師範的責任。樹仁畢業之後，每次有人問起我的母校、恩師，我都會毫不猶豫的說是「樹仁」、恩師是湯定宇教授。直至現在，我還經常上網看看有沒有老師的新消息。老師是錦溪中學畢業，先唸法律，後轉歷史系。

老師常穿中式外衣，身上蘊涵着儒家傳統——橫逆當身仍毅然奮進的氣概，有如巨人。其多次叮嚀，幾番託付，情意切切，要我們傳承中國文化，發揚傳統的道德價值，以抗衡被歪曲的人性行為。我深深佩服老師那種不與世俗同流合污的氣魄，黑白之間，不存灰色地帶，不原諒世俗的一切藉口，對錯分明。老師終生不用日貨，不乘地鐵，以示日人侵略吾土的殘暴不仁，不可原諒。老師生活清貧，亦不任殖民地官員。老師極討厭政黨的顛倒黑白、戕伐國人，然未嘗忘懷祖國，且以中國人為榮。曾任蔣介石政府幕僚，幾次上書而不用，即棄官祿如弊屣，其耿介如此，未嘗見諸當世，足為我輩師範。

老師，能跟隨你學習，是我一生最幸運的際遇。

（原載於《錦溪傑出人物》）

仰之彌高 鑽之彌堅
——憶全師漢昇院士

2001年11月29日，我正在圖書館看書，電話響起，內心忽然來了無名的憂傷，一種不祥的感覺湧上胸懷——張偉保兄告訴我，全漢昇老師在台灣逝世。一代宗師，溘然長逝，我腦際忽然一片空白，悵然無主了片刻。按下電話，仰首蒼穹，全師的面貌神態，教學時的影像，一一重現眼前。和風秋雨，更添無限懷人愁緒。

任教大學，以全漢昇老師為楷模。圖為跟全老師及全師母合照。

1982年投考新亞研究所，筆試分三天進行，最後是面試。面試當日，全漢昇老師及嚴耕望老師是其中兩位主考。我竟在幾位史學大家面前，談論自己讀史的心得及對史事的見解，過後回想，實在有點汗顏。其後，被新亞取錄為碩士生，自覺是學業上一大成就。

全漢昇老師的課主要是開在星期六早上，選修人數約十多人，用國語授課，筆記寫滿黑板，討論時則用粵語，當然，少不了有同學錄音。小息後，全老師會與我們討論問題，每條問題，老師都細心作答，有時眉頭緊蹙，有時微笑點頭，但大部份時間老師都不苟言笑。

1983年，我開始撰寫論文，在選擇導師前，徵詢幾位學長的意見，林燊祿學兄說全老師很嚴格，一定能將我們訓練成才。聽說全老師曾責罵一位同學，並將同學的論文擲到桌上，令同學痛哭不已；聽說老師將一份論文發還同學，完全不予評分，要重新再寫；聽說老師細翻同學論文註釋，發現部份引文不正確而大發雷霆。這種種傳說令我既驚恐又神往，因此鼓起勇氣，拿了有關王安石的資料去見全老師，告訴老師我想寫有關王安石變法的論文。老師沒有反對，並囑我先看漆俠的《王安石變法》及梁啟超、熊公哲諸學者的論著。

其後，我用了八、九個月時間看原始資料及有關論文，最後條目分明的寫了近百張資料卡，一心以為可動手寫文。見全老師當日，老師要我指出諸位學者所寫的論文見解異同，又問我所看的資料及分析有否與他們的研究不同？我回應不多。老師就直截了當地說：「那不要寫這題目了！你再在宋朝找題目吧！」這一刻真有晴天霹靂的感覺，大半年的心血，付諸流水。

最後，全老師要我在他的研究成果上補充資料，定了以北宋財政收入作為研究重心，更特別叮囑我要多向學術前輩請益。我先探訪中文大學蘇基朗先生，蘇先生就我的題目提出很寶貴的意見。其後拜訪香港大學林天蔚教授，林老師告訴我他對北宋的研究不太深入，未必能幫忙，但其後他卻託人從台灣帶了有關北宋的資料給我，又邀請我出席香港大學的「中古史料國際研討會」，使我能接觸當代各國名家，親自向他們請教，包括池田溫、田仲一成等，獲益良多。

對我特別照顧的是梁天錫老師，他是謙厚君子，以他的學養的深度來說，我只能作他的弟子。可是，梁先生始終對我以「學兄」尊稱，此事至今仍令我愧顏。第一次見梁老師，他對宋史異常熟悉，侃侃而談，囑我以《宋會要輯稿》及李燾《續資治通鑑長編》為基石，研究北宋與遼的經濟關係。當日還與老師共晉晚餐，餐後老師親自送上自己的著作，上款竟署「永漢兄」，驚倒之餘，不敢接受，但老師強我所難，還說我從未上過他的課，不能算是弟子，是師兄弟好了。其後，梁老師有新著作，都託人交到我手，其情誼如此，其風範至今仍難忘。以後有關宋代的歷史問題，我都會造訪老師討教，直至我轉向研究明代，接觸才減少。

先後得到幾位學者的教誨，才開始寫作論文。論文內容有一章是關於北宋田賦的，我寫了宋代田的分類及演變，自以為得意之作。全老師看過後，眉頭皺起來說：「這些資料是你從第一手資料找出來，抑或是用別人的成果？」我點頭承認是從研究論文輯下來的，老師說：「那這一章不必寫在論文內，在緒論簡介可以了。」老師說凡是別人的學術成果，我們都不能掠美，就算複查了資料，也應寫出參考書名。我的心就沉了一沉，自以為鴻篇巨製，卻給老師看穿是東拼西湊的作品。這使我以後寫文，下筆較為謹慎。

碩士論文始終寫得不太好，只有討論「草市」的一節，我新用了《老學菴筆記》的資料作依據，其他大都是全老師和時人的研究成果。論文雖然過關，但真的有愧於心，沒有創見。

我申請就讀博士班時，與林燊祿兄商量，林兄建議我研究明代，因為很多資料尚待發掘。最後，我決定研究明代軍餉。軍餉所包含的意思非常廣闊，林兄要我從此入手，再定題目，最後決定研究「遼餉」。全老師吩咐我先看王毓銓先生《明代的軍屯》，再把《明實錄》翻一遍，自神宗以後的就要仔細看及做筆錄。這樣，我就開展了我忙碌的論文寫作。通常我一或兩星期會向老師請益，討論完畢，一班同學會和老師午飯。有次我叫張偉保兄一起用膳，他告訴其他同學是不敢邀請全老師午飯的。我說他們都弄錯了，與老師午飯是我所的傳統，這個傳統至今仍實踐着。記得有一次我談論胡適先生的「大膽假設，小心求證」會出現問題，老師只是微笑。何漢威先生忽然拍了我一下說：「胡先生是你的師祖，你可要小心說話。」老師也笑了起來。

我幾次拿了有關遼東的第一手資料與全老師討論，老師覺得我看得不透徹。有一次，老師忽然問我每月的開支費用，若果不是太高，他願意支付我日常的開支，希望我能放棄工作，專心完成論文。執筆至此，淚水盈睫，老師的神態，宛如面前，敦厚長者提攜後輩的心，昭然如日，使我終生感謝。我實在不知如何說句感激，自老師後，我從未遇過一位與老師同一心態的學者，老師能不教人傾慕？

寫博士論文期間，我兩次到中研院看書。第一次到達，是廖伯源學長替我訂房，還說全老師早已找人通知他要照應我。閒話幾句，卻使我感動不已，從沒想過全老師會為我的事操心，更沒法想像老師會一早為我安排。在台的兩個暑假，主要是看明代畢自嚴的《度支奏議》，明代的版本，彌足珍貴。除《度支奏議》外，我先後看了很多明代第一手資料，包括畢自嚴《督餉疏草》、汪汝淳《毛大將軍海上情形》等。二百多冊的《度支奏議》，看了兩個暑假，寫滿兩本筆記。首次到中研院，《度支奏議》尚未製成底片，全用手抄；第二次到達，已可影印，省了很多抄寫工作。回港後，老師看過我的筆記，叫我用朱慶永及郭松義的論文作參考，着手寫文。

由於要動手寫論文，我向全老師要求，先看《明實錄》神宗以後的資料。老師認為可以，但林燊祿兄卻罵了我一頓，林兄認為研究明代歷史而未看畢《明實錄》是不能接受。

全老師對學者非常尊重。張仁青老師從台灣到港教學，全老師邀請了香港多位學者接風，包括單周堯教授、陳耀南教授等。還記得有一次王業鍵先生到香港，全老師致電給我工作的地方，要我立即放下手頭工作，到尖沙咀向王先生請益。

星期六下課後，全老師通常與同學一起午飯。我們為了表示勤力，很多時影印大量資料給全老師看，希望博他讚賞。有一回，他看過我的資料，輕聲説：「不要看這些，多看梁方仲先生的論著。」平時老師很嚴謹，説話小心，但當房間只有師徒兩人時，很多時會直截了當的説不要花時間一些沒有建樹的論文上，功力不足的，最好不看，有時更會將與學者通信的論學內容給我看。對有學養的學者，老師皆推崇備至，例如老師曾説過嚴耕望老師的《唐代交通圖考》是「不得了」的鉅著。又如老師命我倘有機會到北京，一定要探訪王毓銓先生。可惜我多次到京都沒有拜訪王先生，直至2003年，知道王先生離世，才有失諸交臂、愧對老師之感。有次老師跟我説：「做研究是看材料，發覺有問題存在，再追尋答案。」我銘記於心，絕不濫竽充數的寫論文。

我寫博士論文的毛病與碩士論文一樣，都太龐雜。林燊祿兄為我批閱初稿，他看了第一章，發覺我將王毓銓先生軍屯的分類都寫下來，怒不可遏，罵得我面無人色，繼而面命，若我不引用地方志，他是會拒絕看我的論文。誰知當年暑假，王業鍵先生從美國回來，要到內地開會。全老師希望我將初稿先給王先生看看，這下子真尷尬。唯有先將軍屯一章刪掉，直接寫萬曆期間至崇禎期間的收入，已沒有時間引入清初地方志。一星期後，王先生約我到酒店見面，當日先生指出我的數據前後有矛盾之處，要我小心處理和解釋，繼而翻看參考書目，與我討論如何取材，如何運用資料，還謙說自己看得不認真。

全老師將論文交給何漢威先生批閱。何先生看得很仔細，包括圖表不足之處，缺乏橫面比較，分析不夠深入等，他以「捉到鹿不懂脫角」來形容我處理材料的態度。他舉例說英國的稅收很重，但為何沒有出現如明代流寇的情況？當中就要小心比較考慮，甚至用字，何先生亦很用心的提示，寫歷史論文，不宜用過於感性的字句。前後多次與何先生見面討論，聆聽教誨，才能完成論文，再給全老師修改。真的要多謝林燊祿兄及何漢威先生，不嫌我魯鈍，多方鼓勵引領。

博士論文通過後，全老師希望我到美國作「博士後研究」。我不置可否，老師就聘我為副研究員，留校研究三餉。是全老師帶我進入研究學術之途，至此，已不能親口說聲多謝，唯有默默懷念。

其後我任教大學或指導研究生，都以全老師為楷模，從不馬虎對待學生的論文。2001 年，在全老師香港的追悼會上，我帶領十多個學生一同向老師鞠躬，感謝他的教誨，感謝他對我如同子侄的情誼，感謝他終生奉獻學術，亦象徵老師的治學精神不會中斷。

（原載於《邦計貨殖——全漢昇先生百歲誕辰紀念論文集》）

懷念鍾期榮校長

2014 年 3 月 2 日，一代教育家鍾期榮校長離世。

七十至八十年代初，我就讀樹仁學院，正遇上政府要求學校改制，成為「二二一」制。時任教育司司長陶建更訪問學校，正好是參觀我正上的課，當時大部份同學都不太清楚制度的利弊，學生除私底下傾談外，校方亦舉辦座談會。

記得那夜，整個萬茂里的天台坐滿了同學，不同的學系同學都先後發言。鍾校長不斷的解釋政策，她告訴同學，這是我們重要的決定，她不敢獨斷獨行，必須取得共識，她才能堅持下去，因為中間的利益實在太大。隱約記得當時校長說人家給了你很多利益，就是要你不承認自己是大學生，你們要好好做決定。往後的投票結果是 94%以上的學生反對「二二一」制。有老師上課打趣說，我們的投票結果，把他們的高薪厚職掉進海裏。

最後，校長接受投票結果，堅決拒絕改制，達數十年之久，中間的威迫利誘，閒言諷刺，實在不是常人能支持得了。校長最不高興的是，其餘有份接受改制的學院，原先商議是共同進退的，但最後關頭都接受了政府的方案。

八十年代中後期，政府批了寶馬山山麓給樹仁建新校舍，由於位置在山坡，樁柱的費用甚巨，學校又缺少資助，校長為興建校舍及學生宿舍，幾乎典盡所有，傾家辦學。九十年代初，專上學院相繼開辦學士課程及升格為大學，當時樹仁學生受的壓力最大，師弟妹到時任教育統籌司楊啟彥處抗議，要求給予樹仁合理的地位。

他們得到的答案，是「回去問鍾期榮校長」，意思是你們的處境是鍾校長弄出來的。我在學校任教也經常給同事揶揄，說樹仁當時放棄改制是咎由自取。校長與校友承受的委屈可謂不少，原來跟風轉舵，隨波逐流，真有天大的好處，只要死跟當權者，就事事亨通；反之，擇善固執，維持自我尊嚴，就是食古不化。有師弟妹曾跟我說，現在我們好像四不像。我聽後很難受，假若校長聽見，相信更難受。甚麼是「風骨」？師弟妹忘記了。

校長亦知我們畢業生的困境，為擴闊同學出路，遂與美英及內地著名大學合辦課程，令我校高級文憑畢業生能直接修讀外國的碩士課程。當時幾乎全歐美、中國、台灣都承認樹仁高級文憑等於學士程度，只有香港不承認。可想而知校長在背後付出多大心血。但學生人數減少，確實是樹仁在九十年代的最大難題。

1999 年我寄信給校長，希望回母校任教。某夜竟接到她電話，與我閒話家常，然後約見。自 2000 年始我就回母校兼職。上課時我不喜點名。有一次校長巡堂叫我記得點名，我說忘記帶點名名單，校長立即重新打印一張給我。我容許學生在課堂吃早餐，校長看見立即命令同學吃完才進課室，還加一句「你不是在看棟篤笑」。這兩事我還記心裏。

適值學校被評審，有一次與校長開會，從未見過她如此緊張。她說：「其他學系評審不過關，我很難說話，但中文系不過關，則會很難受。」我知校長對中文系很自豪，因我校是堅持儒家文化及着重教授古典文學知識。結果，中文系獲非常高的評價。

有評審委員說覺得樹仁如新亞一樣有自己風骨，對傳統文化有承擔的勇氣。校長舒了口氣，但拍集體照雙腳一軟幾乎跌下。我知校長心力交瘁了。

最後一次與校長晚膳，是評審通過後，由金達凱教授作東，在灣仔一間酒店晚膳。我與校長談及當年樹仁中文系的種種，校長仍聽得津津有味。短小的身材，卻蘊含着巨大無比的毅力與意志。橫逆加於前，始終如一，有「雖千萬人，吾往矣」的氣概。

若要說校長對樹仁的貢獻，就是流到最後一滴汗，用盡最後的心血，校長始終維持着樹仁的尊嚴，也始終保持着傳統士人的風骨。為此我寫了一聯一詩紀念校長。

聯曰：

萬茂斜徑，慧翠山坡。
滴汗育菁莪，汗盡花香，
敦仁博物在吾校；
苦雨淒風，驚濤烈焰。
嘔心續文命，心殫道繼，
鯤躍鵬飛接儒薪。

詩曰：

海角南陲儒脈續，清奇鶴立競鳧趨。
寒雲時雨栽桃李，冷日微陽照杏株；

國陷隻身排亂石，崖危孤影領飛雛。
程門雪印今重現，仰首蒼穹謝碧梧。

此刻，我要仰首才看到校長的身影。今日，你的學生，稽首禮敬。

（原載於《信報》）

身教與情多——記張少坡修士

身教比言教更有影響力，情多總比忘情來得溫暖。

身　教

最初進入聖芳濟，雖然當時已是人才濟濟，大部份老師的水平甚高，但是我還是對自己的程度滿有自信。看見一些年輕老師教錯了字的讀音，或在黑板寫別字，都有輕視的態度。某日，校長張修士（下稱 Bro.，因為已這樣叫了他幾十年）走到我面前說張貼在壁報板的通告，好像有個字寫錯了。我們一起去看，他指着一個錯字說：「我不知是否有錯？記憶中應該不是這樣的寫法。」我一看之下，果然寫錯字，登時滿臉通紅，不好意思。再看 Bro.，他同樣滿臉通紅，不好意思，好像寫錯字的是他而不是我。律己嚴、待人寬，他不想令我難堪。因此我往後二、三十年的教學生涯，對其他老師的筆誤或誤讀，都是用很婉轉的方法告訴他們。

1992年，我的博士論文評審中央研究院院士王業鍵教授從美國回中國開會，中間會停留在港。我的指導教授全漢昇先生打電話到學校，要求我立即到尖沙咀見王教授。當時我正好有課，誰知Bro.走到我課室，要我立即到尖沙咀，其他事情，他會安排。當日下午，還有教職員會議。我估計一般校長的反應是黑着臉，猶猶疑疑的勸説最好不要離開學校。我一邊走，他一邊問：「原來你是博士呀！」看見他喜悅的神色，真有點奇怪，莫非我的博士他佔一半？後來其他同事告訴我，Bro. 在教職員會議當眾宣佈我缺席的原因，是要見美國名教授。這樣，反而有些同事取笑我是「洋博士」。「人之有技，若己有之；人之彥聖，其心好之。」見到別人的成就，應該替他人高興，不存輕慢心。在Bro.的身上，我完全看到真正的胸襟，他興奮的心情，洋溢在他臉上。到現在，我教學生，還是要求他們，待人以誠，祝福別人的成就，見到道德行為優秀者，內心應該替人高興。

我接任輔導主任後，與Bro.見面傾談的機會就多了。有一次見他悶悶不樂，原來他因員工升職的問題，被一位同事喝罵。我安慰他説不必介懷，他竟然説這次還算好，

在 Bro. 的身上，我完全看到真正的胸襟。圖為與張少坡修士合照。

上一次有位同事拍枱罵他呢。其實大部份同事都知道，Bro. 對每位同事都很寬容，只是我們在他的保護下生活而不知。倘若遇到一位弄權的校長，我想同事未必有好日子過。大家就是知道 Bro. 胸襟寬闊，所以大膽挑戰他。可是，我認識了校長超過三十年，從未聽過他口出惡言，或刻意批評任何一位同事。我初入教育界，同樣充滿理想，對不盡責的老師會毫不客氣。但與 Bro. 接觸多了，他希望老師，能自覺自律。曾經有老師要求我在教職員會議上，共同指責某些老師教學不盡力，我斷然拒絕，就是學習 Bro.。而我，愈接近 Bro.，愈少批評別人，以往的狂妄，也漸漸收斂。

Bro. 從馬來西亞回港後，我們見面的時間又多了。有一次，有公司邀請我品嚐法國紅酒，部份紅酒的售價超過二、三十萬元。我很高興的致電 Bro.，要和他一起去品酒。當他知道紅酒的價值不菲，就堅持不出席，還勸勉我說：「這麼名貴的酒，你應該邀請懂得喝酒的朋友，才不致浪費。」我聽後，略有所悟，美酒不在於價錢，而在於是否適合。相信試酒當日，法國紅酒那陣陣清醇的餘香，已成了我和同事難忘的味道。

2012 年，我與幾位校友捐了 15 萬元給中大宗教研究院，贊助人寫了 Bro. 的名字。我以為 Bro. 會感到高興，誰知他收到感謝信後，第一時間是打電話來怪責我。他不是捐助人，就不能用他的名字！Bro. 的態度很認真，他還提醒我，凡事要名實相符。我相信，這個就是責任問題，是校訓「忠誠」的深層意義。Bro. 很少這樣語氣凝重的囑咐我，可見其重視程度。

每次 Bro. 外遊，只要我有空，一定接載他往返機場。某次我忘記了到機場接機，忽然接到 Bro. 的電話：「你說來接我，我等了差不多一小時！是塞車嗎？」我說：「哎喲！我在與葉 Sir 釣魚！」以為 Bro. 會發脾氣，誰知傳來幾聲笑聲。這事讓我非常慚愧，我告訴自己，以後任何的承諾，都必須放在心裏。以往學生約我而遲到，我會一臉不悅，往後我就改變了。有次學生約我會面，遲了個多小時，我還發短訊給他道歉，說不好意思，我不能等下去了，因為我有另一約會。同學告訴我，收到短訊，難過得不得了，是自己犯錯，老師竟然向自己道歉。希望同學能因此事而改變自己的態度。

學校每有舊生聚會，Bro. 都很樂意參與，而且每次都能道出學生的姓名，那管是四、五十年前的舊生。每次他叫出舊生的姓名，校友都會歡呼。想想！為甚麼 Bro. 會記得你，就是因為曾經記掛着你。

憶記 Bro. 的嘉言懿行，相信足為世範。

情 多

某年，學校的錄影機被盜竊，相信是學生所為。校長要我追查，最後知道是誰所為。我請示了校長，並請教處理手法。Bro. 沉吟了片刻，説先不要告訴學生，待他公開試完結後，才通知他學校已知是他所為。當時我有一點覺得是姑息養奸，後來讀到孔子的「父為子隱，子為父隱，直在其中矣」，才知道「直」是出自不忍之心。這種是不矯情的內心感受，是出於對對方的關懷與愛護。這裏我們不談對錯，就只談中間的情，Bro. 就是對學生有不忍的情。

1997 年，在 Bro. 的退休宴上，我向他當眾拜師，就是知道其害羞的性格，不隨便叫人幫忙，若我正式成為他的弟子，情理上他便可囑咐我做事。我對他千叮萬囑，有任何事情要辦，就通知我。

Bro. 退休後先到羅馬學習，再到馬來西亞工作，我曾答應 Bro. 到馬來西亞探他。那年我們一行十多人到了馬來西亞，約定 Bro. 在一機動樂園見面。我們談得很高興，我還要求 Bro. 和我一起玩機動遊戲「飛氈」，那是一個有離心力的遊戲。到後來我才知道 Bro. 的心臟有小毛病，他不願掃我的興，陪我玩了一次。這個危險遊戲會影響 Bro. 的身體，卻因為我的緣故，他竟然陪我「癲」一次，思之至今，仍有點歉疚。其後某夜十時許，我突然接到 Bro. 的來電，但他只和我閒話家常。我直覺應有事發生，他才告訴我，明天要做心臟手術，故先給我電話。我知他怕手術有誤，為免遺憾，先給我電話。這種不捨之情，我想無人能明白，而我當晚亦整夜為 Bro. 擔心。

那次馬來西亞聚會，一起游泳、一起吃街邊小食，還有難忘的咖喱麵包雞、蝦炒麵、燒魔鬼魚，味道難忘。我帶了一枝紅酒給 Bro.，他戰戰兢兢的問我是否現在一起喝，還是拿回修院的。我說我送給你的，你最好拿回修院與其他同事享用。行程的尾聲，到了 Bro. 工作的地方，那是一片平房，寧謐清靜，對着大海，中間是個大籃球場，經常清風蕩漾，應是修道的好地方。他介紹這了修院的地形及傳道的困難，畢竟馬來西亞是回教國家。臨離去前，他拿了兩個木瓜給我說：「你來的那天，我摘下來放在窗前，你回港時，應該剛剛熟透。」思之，不禁令人眼淚盈睫。簡單的禮物，卻蘊含着難以言喻的關懷，我帶着木瓜，也帶着陣陣甜意回香港。

往後，Bro. 會間中回港，大夥兒都會到葉玉樹家聚餐。葉 Sir 也會使出他的本領，盡展美酒佳餚。每次菜單上的名字都改得很優美，就像金庸小說內的菜單名字，而題款是「與張少坡修士聚餐之一」，當然，往後還有「之二」、「之三」的聚餐菜單。我只記得，每次聚餐完畢，一定會唱校歌。每次激盪的歌聲都縈繞心胸，餘音裊裊，而我每次都捨不得 Bro. 離開。

以往的聖誕節，修院都會在院內慶祝，我更是第一次喝二鍋頭，濃烈但帶有香氣的白酒，看看價錢才四元多。我首次到北京唸書，就與朋友買了一支二鍋頭來打邊爐，當時不禁想起 Bro. 當年在北京的丰姿。還有王致和腐乳，我知是 Bro. 最喜歡的，都是過百年歷史的北京美食。北京可謂 Bro. 的另一故鄉，相信他在北京有很多難忘的回憶。某年我在北京買了兩瓶腐乳，就是想將北京的味道帶回香港。對北京多情，不是文字，而是思憶，思憶酒氣，思憶菜餚，如夢塵，卻又觸手可及。我想 Bro. 總是一邊喝二鍋頭，一邊思憶北京那浮動的往影。

那年，Bro. 回北京探望在修院的老修士。我們約定在北師大的門口相候，再約林志漢先生一起見面。異地遇故知，應是一番風情。誰知那天我等了約45分鐘仍等不到Bro.。致電給他，他說已在門口等了差不多一小時，原來我在東門，他在北門。更「烏龍」的是，我們致電林伯超過一小時，電話還是沒有反應，回港才知道，原來Bro.寫漏了一個數目字。但那天，我聽了很多修院的故事，其中一個是關於解放前後，仍有人到修院要求讓出紅酒。我跟Bro.說，我可以寫寫修院的歷史啊！後來知道原來已有一兩本相關著作，好像有一本就是他寫的，還有校友在跟進中。

辭職以後，我可以順理成章的邀請Bro.及退休老師到我家用膳及一起外遊。我計劃每年最少一次在我家飯敘和一次旅遊。最經典的一年，是七十、八十、九十及二千年代的校友同一時間在我家聚會。每次聚會，內子都緊張得不得了，早一兩星期已開始設計菜式，新菜式還一定要預先烹調一次，由我來試菜。每次Bro.來，到酒櫃選酒，很奇怪，每次挑的都是最好的紅酒。還有，無論Bro.在外地或香港，只要該年是第一次見Bro.，內子都會奉茶。雖然有人說我過於形式，但我每次都堅持，而Bro.亦從不拒絕。這是對老師應有的禮數。

跨越七十年代至千禧四十多年的校友學生到訪，與張少坡修士聚餐。

與 Bro. 外遊，2014 年潮州之旅甚是難忘，那次和 Bro. 在高鐵談了三個多小時呢。出發前，我叮囑接待單位，要預備最好的菜式。接待單位不負所望，果然令我們一行十多人回味至今：十斤重的龍蝦、野生黃鱔、清燉鮑魚、十寸長的海參、全牛火鍋等等。此行最令我們陶醉的是全鵝宴，原來鵝有老鵝、嫩鵝之分；陶醉的還有是三十年的汾酒和 Bro. 唱的一曲《何日君再來》；盡興的是每個同事都唱歌，一首接一首。老闆任由我們佔據全廳，還送番薯給我們。此情難再，此刻回想，霎時一陣茫然，當日畫面如絲如縷又出現腦際。以後，任何喜悅的回憶，都帶着淚水。

最後一次與 Bro. 去旅行是到恩平溫泉。我一向很想和 Bro. 浸溫泉，當然，基於身體問題，Bro. 其實不太適宜浸溫泉。Bro. 説很喜歡看着同事歡聚，我想畢竟人生憂患較多，而有些外地菜式也是在香港難得一試的。Bro. 經常擔心團費會很高，我總是告訴他，不太貴，值得的。真的，每次都值得。

師 道

1994 年，我要到英國留學，向學校申請停薪留職，Bro. 一口應承。其後才知道，他找了一些教育局留學資助的資料給我看，還對我説，有一個名額是校長推薦的，你可以申請，依舊可支薪。可是我婉拒了他的好意。留學初期，我遇到不少困難，尤其是語言溝通。Bro. 每次來信都鼓勵我，有時還將我向同事問好的明信片張貼在教員室。回港後，有同事取笑我似去旅行多於學習。

由英國回來，我到了一所大學兼職。一年後，大學負責課程的教授問我有沒有興趣轉全職。我向 Bro. 徵求意見。他皺起眉頭説，聖芳濟的同學大多喜歡你，你捨得嗎？兩人默然了片刻，我説希望能教大學，提升自己的學養。Bro. 説如果有需要，我可遷就你教大學的時間。就這樣，Bro. 容許我在大學兼課。過去二十多年，我的學術研究從未中止，還兼任碩士生的指導教授和論文評審教授。感謝 Bro. 容人的胸襟，使我在教學之餘，還不斷增進自己的學問。

向 Bro. 拜師前，他寫信給我，上款有時寫「肥楊」，我從未見過他跟別人開玩笑，似乎我是第一個；但拜師後，他給我的信，多數寫「賢棣」。可見，拜師是一件嚴肅的事情，Bro. 亦重視自己的身份。2006 年我出版了專著《虛構與史實》，想不到 Bro. 將全書閱畢，並將我用錯字的地方指出來，叫我倘有機會再版，必須修正。2021 年我的書在台灣再版了，簡體字版亦已聯絡由內地出版社計劃出版，可惜 Bro. 已看不到。

Bro. 知我自大自滿，學問上有點看不起別人，就經常提示我「不要拐過彎，自己讚自己，要謙厚」。他輕描淡寫的一句，就有振聾發聵的效果。這個謙厚，真的很困難，我幾乎中年以後才能約略領悟。

Bro. 回港任校監，學校設立校政執行委員會，我被選為教師代表，會內委任了我當秘書之職。每次會議記錄都要以英文記錄，我的稿件一般都會給謝婉莊老師修改。Bro. 於 2007 年回港後，我的稿件就交由 Bro. 修改。他每次都說我的英文有進步，但每次都有錯處。他是以鼓勵為先，批評其次。他唯一不鼓勵我的，就是我的普通話，說我怎樣發音都不準確。當時我有奇想，誰人在會議上批評會議記錄的英文不好，就是「踩地雷」，想起也偷笑。可是，從沒有人說我的英文不好，可能都知道會議記錄是 Bro. 親自修改的。

在我與 Bro. 往來的信件中，他經常提到基督的教誨，例如他說不會特別煩惱，因為知道主會為他安排；又如他會引用聖經內文，要我改善自己的行為。某年他入了院，小腿微腫，大家都害怕他心臟有事。他卻對我說，一切已交給主，不必擔憂。有一次我說，Bro. 死後會上天堂，而我很有可能下地獄。誰知 Bro. 說：「耶穌是不會放棄義人，你行善就可以！」我叫他記得向耶穌講情，他笑笑沒有答我。我辭職後，去修讀有關天主教的課程，因為我想清楚

Bro. 的道德行為，究竟從何建立。

歸　主

2016 年，Bro. 突然暴瘦，我已聯絡部份醫生校友，希望他們對 Bro. 多加留意。2016 年 12 月，我約了 Bro. 和一班舊同事聚餐。聚餐前一日 Bro. 才告訴我，他氣很喘，氣溫又下降，看來不宜外出。我亦沒有勉強。2017 年 1 月的會慶，我帶了冬蟲草給 Bro.，他只說太名貴了。我勸他每天都吃，不要理價錢了。

農曆新年後，Bro. 入了院，我們經常也有 WhatsApp 往來。我和幾位校友去探他，發覺他能適應住院的生活，也就放心了。再探望 Bro. 時，他說這幾天就在這房間決定了幾件大事。當時，彼此還可以互問互答。後來知道 Bro. 出院，我以為他的病情應該好轉了。我還買了一瓶路易十三，希望 Bro. 痊癒後，一起品嚐。復活節假期，我並沒有和 Bro. 一起旅行，因為我正籌劃年終能與他參加郵輪出海。誰知他叫劉剛將一些藏酒送給我，令我有不祥的預兆。為甚麼不直接叫我過去拿酒？還是怕我忙，怕妨礙我工作？在最後關頭，他還是為他人着想。其後，我發短訊給Bro.，希望能到修院探他和與他一起晚餐。兩天後，他才覆我他狀態不好，叫我不要過去。

再次知道Bro.入院，我的心情沉了下來，知道Bro.病危。6月5日，我在Bro.病牀邊，握着他的手，說他一生侍奉主，對主要信任。我告訴Bro.，不會忘記他的教誨：樸素、臨在、一家精神，我都帶到現任的學校。我告訴Bro.，要知道這是基督對你最後的考驗，你一生仰賴主，你對主的信心，不要減退。聖芳濟曾連續六、七天微呼主耶穌的聖名，你也要不斷呼喚主的聖號。記着基督的光會照着你，要對主有信心，祂會引領你。Bro.鼓了一口氣，他對我最後的兩句說話是：「我會仰賴主，我不會放下十字架。」

6月7日，約晚上8時，我收到Bro.歸主的消息，一時六神無主。我知修會可能會有道別儀式。約9時50分，我趕到醫院，看見校友，淚水已不住的流下來。多謝張奇恩修士及當日在場的校友，他們都退出病房，讓我單獨凝望着Bro.的遺體，為他祈禱，並朗誦《詩篇》第23篇。我告訴Bro.，從他身上所學到的一切，包括謙卑與寬恕，還有愛護學生的心，永遠不會減退。那夜，我接到的電話都是哭聲。

6月7日的月亮，依舊光芒透澈，但與平日已不一樣，已照不到您的影子。

悼魏文揚（鐵強）道長

8月22日的天空是蔚藍色的，23日天空也是蔚藍色的，但23日的晴空，多了一片灰濛。那天，我的老友魏鐵強先生（道名文揚）離世。

1984年11月，我上圖書館課，初遇魏鐵強。你架着眼鏡，膚色黝黑，髮亂細眼而輕微口吃，但無論如何，總給人一種親近感。放學後，我們一起乘地鐵閒聊。你是唸物理的，但知道我是中文系出身，就不斷問我對《論語》、《易經》等名著的看法，爭辯甚大。我最欣賞是你的卜卦能力。記得有位同學懷孕，問你胎兒是男是女？你起卦後說看不到，其後對我說，同學應該保不住那一胎。後來果然是。

我們非常投契，可謂無所不談，宗教、文化、時事、工作、人事等等問題，各抒己見。畢業後，我們約定逢星期三到洗衣街香海冰室論道。印象最深的是你經常說我只知皮毛，看書水過鴨背，並不深入理解。我當然反駁，然後二人各自引經典，說見解，力證己是。你希望我理解兩大問題，生和死。我說營生尚且難，何及於死。你則說我沒志氣。你說我來解釋〈逍遙遊〉最切當，但又反問我：「閣下逍遙嗎？」使我不斷反思自己的境界。

你勸我靜坐冥想，並多次可惜為何我到「止」的境界時，卻不能觀照。我卻無可無不可。當年香海的夥計們，見了我們其中一人，就會放下兩杯茶，我想那些夥計的心中定揣着：「至少又兩三小時。」

我與內子結婚，你為我排八字，竟然笑了起來說：「我真的從未見過這樣合拍的姻緣，你以後有太太全力的支持你，你可做自己喜歡的事了。」內子到現在仍多謝你的謬賞。

我們的聚會相信也有四、五年，某日你告訴我已辭職，你要全面理解宇宙真理，不能給俗務纏繞。我聽了之後大叫：「恭喜你，竟然有這樣的好因緣。」你笑了之後說，其他人都說你走火入魔，只有我贊成。其後，我知你到了內地閉關，六、七個月才回港一次，每次你都會告訴我，修煉時所遇到的困境。「辟穀」、「靜坐」、「不倒丹」、「盤膝」等等，都讓我聽得入神。1995年在英國，訴說靜坐的經驗，原來我錯過了很多機會。回港後，你仍領我去看風水和渡鬼。後來見我毫不用心，也就放棄了。

「飛星擇日法」，你說只是「江湖一點訣」，並將竅門教曉我。還有《易經》，你說不通《易經》，就沒法理解中國文化，我遂常記在心；你也教我風水，要我錄音，說將來方便眾生。

1997 年，我買了一間小屋作藏書之用。某日，你來電說要暫住我的小屋。我一口答應，也沒有問原因。你經常說不好意思，說借了朋友的屋，好像賴着不走，令人不方便。我聽了說：「乾脆把這屋改了你的名字，就不會不好意思了。」你聽後只笑了一笑，就是堅持不改戶主名稱。

起初，你苦修密宗的法，常處定中。聽說五術能看到宇宙真理，你就苦學五術，到處拜師。將有所成時，常受逆師之考。最後悟知與道教的因緣，重入道統。你曾在夢中見卡路寧波車，曾親見仙佛。你所說的種種，我都深信不疑。你孤單獨往，百折不回，無論前面是窮山惡水，魑魅魍魎，抑或是峭壁懸崖、精妖怪魔，你也誓證實相，誓得阿耨多羅三藐三菩提。

我知道你的成就後，就介紹我的學生和朋友親近你。有些你見了，只笑說他們是富貴命，很難修道，還是再等待時機吧。

某次與你晚飯，開心地叫了一道又一道菜，喝了一瓶又一瓶酒。你忽然說：「這些年來只有跟你吃飯是毫無拘束的。有些約我吃飯，多有所求，還要遷就他們的脾性。有時我袋裏只有二、三十元，吃完飯埋單，竟然沒有人付賬，那刻真的有點難堪。」我嚇了一跳，你經濟上有問題，我可支持你的生活啊！但我記得你說過：「窮且不應求人，何況未至極窮處！」

大夥來我家聚會晚膳，是一年中的大日子。約好了日期，內子就緊張到不得了，看菜譜，試菜；不合水準，再煮，再試菜。你們吃過的菜，我們都有記錄。每次聚會內子都緊張不已，力研新菜。其實，她曾多次累得病倒。你看，我們是如何重視你的來臨。最後的晚餐，是內子本來為你煮最喜愛的咖喱，可惜當日兩個爐頭都壞了，你還打趣的說：「好像一切要重新再來，要考你的功夫了。」

點評時政，月旦人物，引申出做人的氣魄，你說很多人認為修道是避世，但你視之為大丈夫的行為，乃帝王將相所不及。修道人所犧牲的，所受的苦，不比王業成就者少。道者不走小徑，必從大道；公正無私，正直不阿；視萬象如境，不起嗔心，視生死如流，不起戀思；以萬物心為心，以天地為心，不存私慾，不強從人；孤單而獨立，寂寞而無持；空乏其身，無非為道，而無物慾權利的回報。兩者互衡，修道者的氣魄真的不得了。你曾問我有沒有為自己的行為心念而後悔，我說不止後悔，還哭了很多次。

最難忘一次是共你通宵喝酒，談至晨曦，數數紅酒瓶，原來喝了十多支。幾位座上客都睡着，只有你我侃侃而談，回憶前事，餘韻嫋嫋。

1999 年我升職，一片歡呼中，你突然問我：「當初讀中文系，唸碩士、博士的願念還在嗎？你升職不知是好還是壞？」我聽後大笑，其後我不斷反思，明白不可過分放縱私慾。最後我放棄夜夜名酒、晚晚玉饌的饕餮生活，再行進修。

你說我 2012 年有小劫，2014 年身體有大問題，是一個難關。你本想回到無形太虛，就因為此，你說會留至 2014 年後。你花很長時間跟我解釋甚麼是多維世界，甚麼是還虛。再一次的感激你，還有感激 Amy 和 Patrick，當你說 2014 年我可能有難時，他們竟然為我哭了起來。其後你知道我會到孔聖堂當校長，發展儒家思想，你恍然大悟的說原來我的任務是要發展儒家思想，所以生活有重大變動，那你便不想留下來了。

鐵強兄，這一生我只有對着你才可肆無忌憚地暢所欲言，而你亦曾對兄弟姊妹說我是你一生中最好的朋友。我們推心置腹，肝膽相照，實在不知如何再言！

最後的一桌，是和你的大弟子及最後的徒弟一起。你離去時，平靜地在車上，毫無徵兆的情況下伏在我的肩膊上。沒有痛苦，沒有喜悅，就離開了。雖突然，但又好像已預知。要說因緣，我們都算完滿。

可是，從今以後，所有的聚會，卻少了你一人。

悼念我幾位好學生

我第一次經歷師友的死別，是胡欣平老師（筆名司馬長風）的離世。當年暑假探望胡老師後，還約定他從美國回來後一起遠足旅行。誰知那年，老師在美國猝逝。我在香港感覺到死別的無奈，久久不能平復。死亡，是會隨時出現的。在我的中學及大學教學生涯中，有幾位出色的學生都先我而去。很想告訴在另一世界的他們，老師掛念你。

龔同學初中時已跟着我在圖書館工作，你的字很清秀，與身形不相稱。我們經常討論人生問題，你也很努力讀書。記得我們一班同學宿營，你提着大錄音機，赤着上身，在路上大唱大叫。雖然我覺得對其他遊人是騷擾，但這也是我們獨有的「青春」與放縱。我沒有責怪你，因為當年我年少時也是這樣。你進了大學，卻仍不滿意，要入讀最著名的學府而重考。最後，你成功了！我們高興得吃燒鵝慶祝，我還拿了一個書目，希望你三年內將它們看畢。誰知你說：「老師，其實我無甚大志，有穩定的生活就夠了！」我聽後有點失望，說你是我遇到少見有才能的學生。當然我沒有勉強你。

還記得是大除夕，同學告訴我，你飯後就暈倒，起初以為你醉了，最後卻要立即入院。那晚，我已叫了醫生同學到醫院看你。誰知！你已經走了。我想無論我們有志向或是沒有志向，都是要看「上天」是否准許。

張同學在校已參加「大哥哥計劃」，幫我看顧初中同學的功課。入讀法律系後，仍回校替同學補習英文。記得師生去宿營，我喝着紅酒，你們一班同學與 Bro. John 在彈結他唱民歌。此時之優雅淡逸，是往後難遇的情景。有一次我回港大看書時碰見你，兩人就一起到莊月明文娛中心吃飯，那還是我第一次看見女同學偷看男同學呢！是因為你高大而英俊、能幹而有愛心吧！我問你是否已有女朋友，你點點頭。我打趣說，那很多女孩子要失望了。你到著名的律師樓實習，還對同學說，別人看得起自己，必定盡力而為。可是，你的盡力，將生命的動力燃盡了。你的死訊令同學們痛哭，你補習的小師弟，哭得蹲在地鐵，站不起來。還有 Bro. Joseph，他告訴我那時他心潮起伏，上網一看，知悉你走了。我們每個師友都愛護你，因為你先愛護我們。

同學們要求我致悼辭，我當然沒法推辭，但內心很難受。我說你是沒翼的天使，你從未拒絕我的要求，我也從未見過你發脾氣。我答應在你百日的追悼會再見。誰知某天，我看見一隻如雙掌大的飛蛾伏在窗前，心念一動，立即致電同學，原來已過了你的百日。幽冥的事，我半信半疑，這次我希望是真的——你到來向我道別。

陳同學的讀書成績優異，就是和父親的關係不太好。有一次兩父子不和，你要回校見我。你說父親不理解你的功課，隨便拔掉電腦電源，所以忍不住動氣了。我很奇怪，在我心目中，你是一個溫文有禮的學生，為何會有此舉動呢？我就叫你想想，為甚麼你對老師如此有禮，但對父親的態度會如此惡劣。因為你知道無論你如何發脾氣，父親都會原諒你。那次之後，我沒有因為父子關係再見你。後來，陳同學進入醫學院。實習後，在成為正式醫生前，卻在疲倦中離開我們。

靈堂內，同學細說你生前的點滴，部份同學更激動得哭起來。我才知道你做人處事的態度。我此前似乎不太了解你，總覺得你有很多心事。原來每個人都有自己的理想，但今日，我欲無言。

黃同學的學習力很高，很希望成為律師。可是，中六那年墮入愛河，一發不可收拾。其後，你自組家庭，晚上工作，早上回校上課，當然成績一落千丈。無論我提供任何意見，你都執意自己的行為，最後要轉校重讀。一次意外，你就走了。我常想，堅持自己的理念是好，還是不好？你放棄入讀大學的機會，提早開展自己的家庭生活，究竟對不對？

我曾與黃同學多次單獨見面，你很清楚我的意見，亦知道我是為你好。但你就是相信愛情，相信世上有梁山伯與祝英台。看着你從小學到中學的照片和成績表，深知道家人對你的期望。可是，你選擇了大家都認為錯的決定，我也不知如何回應。

記得曾看過朱自清戰後回到北京，知道自己很多學生殉國或死在逃難的道上，然後朱先生寫了他們在求學階段的點滴。當年看到，內心一陣陣的惆悵，恐怕朱先生當年內心也很難受。青春，是追求理想、充滿盼望的年華。記得與你們在營舍唱歌，講鬼故；記得與你們遠足，互相追逐嬉戲；記得與你們偷偷在圖書館看錄影帶，校長問到，大家死口不認。還有你們胸無城府的態度，互相信任的眼神，現在還留着能迸出火花的夢想。我陪着你們跑了幾年，是你們教曉我生命雖是無奈，但不能沒有夢想；也是你們教曉我，凡事合乎公義的就必須堅持到底，因為生命會揠然而逝，沒有甚麼好害怕！

（原載於《信報》）

長空折翼——悼莊玉雅同學

8 月 28 日，我正在學校開會。接到同學的電話，希望我盡快到醫院，見玉雅同學最後一面。在毫無心理準備之下，接到噩耗，忐忑不安。會後直往醫院，眼前是迷濛一片，認不清路向，羅英瑋同學趨前帶我到玉雅病床。我低聲的向玉雅説，我在課堂曾説「人之大患，在吾有身」，現在你要放棄身體，與宇宙合而為一，歸向你的神處。我語調平靜，內心卻非常難受。回頭看看，才知道有數十位同學在場，由此可知道，玉雅是如何得到同學的愛戴。玉雅母親握着我的手在哭，至此，真不知説些甚麼安慰説話。我趨前與張少康教授握手，兩人都為痛失人才而傷心，此刻卻只能流露傷感的眼神。

認識玉雅同學只半年的光景，卻印象深刻，令人難以忘懷。學期初，我需要一位同學協助安排導修及派發筆記。同學都推薦玉雅出任，如此，就與玉雅多了些接觸。有一次與同學會面的時間有點錯誤，玉雅知道後，就重新再安排，辦事細心盡責。她經常催促我早些給筆記同學，因為不少同學是很勤力的，弄致我百忙中也要整理筆記。玉雅與同學報告的題目是〈儒、道之天道觀異同〉，內容提及「天命」，古之聖人與今之賢者，對此亦難下結論。希望玉雅在其人生最後的半年，對生命有所領悟。

最後一節課，同學都花點心思設計團體照。離開學校，步進社會，與未知的將來作侶，周旋於善良與險惡之間，是生命的另一個階段。玉雅希望回母校工作，要面試決定錄取與否。玉雅頗緊張，事前與我討論回答問題的竅門，又估計面試時的題目。面試前，又與我商量，要如何配搭衣服才表達出莊重。我雖然無可無不可，也給她的誠意所感動，緊張起來。最後，知道校方已聘請玉雅，也替她高興了一陣子。但這些一切，對玉雅來說，已不用再擔心和緊張了。

有一次我看完電影《臥虎藏龍》後，嘆了一口氣，內子覺得奇怪。我告訴內子，嘆氣是因為李慕白始終沒有玉嬌龍這個徒弟。傳道、傳功、傳真心，是多麼的困難。有意志的，未必有能力；有能力的，未必有意志。現在，我見到一位有意志、有能力的文化繼承者，可惜，遇勁風而翼折，消失於中華大地，如何不嘆息難受。最後，以一首七律紀念玉雅同學：

夢裏青春歸夢裏　仙帆影落賸寒霾
中通外直愁風折　俠骨柔腸寄玉街
待用潛龍魂已斷　精芒鋒劍痛淹埋
人生果是如朝露　酹酒斯人哭輩儕

附錄

附錄一：
中國文化院網上訪問（節錄）

中國文化特質來自於行為
——專訪香港孔聖堂中學楊永漢校長

文字：余振威　攝影：陳嘉倫

（2016 年 9 月 2 日，中華國學 · 國學講堂）

最近，我們專訪了楊校長，請教他對中學生國學教與學的意見。

孔聖堂在香港國學地位特別

自建堂以來，孔聖堂舉辦很多國學演講，不遺餘力，邀請了許多碩學名儒來主講，香港著名的國學大家幾乎都來過，包括鄒魯、葉恭綽、錢穆、饒宗頤、唐君毅、牟宗三等。每次演講都會有個中心論點，例如孝道等。三十年代始，孔聖堂本着學術自由，容納不同文化，以強國利民為目的，容許不同學術思想學者、文人及不同政見之士在講堂演講。最著名的，包括於 1941 年舉辦魯迅先生六十誕辰紀念會，紀念這位反對讀經及認為禮教吃人的先哲，當日由香港大學中文系系主任許地山先生致開會辭，說明魯迅先生六十誕辰的意義，並邀請名作家蕭紅報告魯迅的傳略，台上背景是魯迅先生的大型照片。當天還邀請到李景波即場演出《阿 Q 正傳》，出席者擠滿整個禮堂。

同時，孔聖堂舉辦過許多大型的新文學活動，最為人稱道的，是 1948 年舉辦紀念五四運動座談會，邀請郭沫若進行演講。1950 年 4 月 8 及 9 日，港九工會聯合會第三屆代表大會在講堂舉行，背景是中國領導人的大型照片。由此可見孔聖堂不獨舉辦研讀傳統四書的研習班及講座，也舉辦有關新文學的運動。

直至現在，孔聖堂仍有舉辦國學班，每個星期一日，分三班，每班約三十人。在國學班中，一群志同道合的人，來自不同階層、職業，共同交流、研究，透過國學去尋回自我的道德底線。

讀萬卷書行萬里路

孔聖堂中學極其注重課外活動。比如交流活動每年都不少於五、六次，包括訪問其他學校、交流團等。我們也參加了一些世界性的活動，比如世界中學生音樂工作坊，世界中學生水資源研討會。我們希望每個學生在六年的學習中最少有一次對外的交流。這並非普通旅行，學生們到德國後會在德國的人家中住宿、上德國的中學。兩個禮拜的遊學中，加強了學生的獨立性和自律性，全部學生經過交流後，無論是在對人態度上，還是上進心都有了改變。

不學歷史如何承傳中華文化

當年的中國語文改革取消了範文，學生必然會減低認真閱讀的意慾。考試內容是一種導向，考甚麼，學生便讀甚麼。當時政府的解釋是，中文考的是能力，讀、寫、聽、説、綜合。如果要讀作者生平、要研究文章好壞，就該去讀文學。這中間有很大的矛盾，是否不教學生欣賞能力？欣賞能力只有讀文學才能學到？

取消了範文之後，我當時的學校自發出了一本範文，許多學校也有如此做，因為都覺得這個制度是有問題的。我們選擇的篇章和範文都包涵了文學特色、人生感悟和哲理。你從課文本義逐字去教便會變得沉悶，但若從哲理上去教，將作者生平跟作品結合，除了課本那篇章，也可舉出作者其他作品，將他的境界合而為一，也可以令學生對中國的語文發展有一個概念。除此以外，當時社會背景、歷史文化、士人特質行為等也應該多談及，這樣學生對整體的中國文化、社會發展等有全面的體會。例如說明代貪污舞弊嚴重，然而晚明時卻出現了如楊漣、左光斗、顧憲成這些人物。世間一定有壞人的，但是同時也有無數的好人堅決維持的道德界線。楊漣頭上穿釘而死，但他仍然擇善固執。同學聽到都很激動，無法想像有些這樣的人。

蘇東坡胸襟令人佩服

古文中講究用字、氣勢、順序，背後有很深的意義。比如《醉翁亭記》，歐陽修當時也未到五十歲，就自號醉翁，這是心態老、壓力大；而他「在乎山水之樂」、「寓於酒」

增強山水之樂，這是生活的感性，受挫折之後如何去排遣憂鬱。又例如《岳陽樓記》范仲淹當時是被貶謫的，其中有一句是整篇的金句，他用四時之景去描寫被貶謫的心態。這整個篇幅都是借題發揮，最後的一句是他對人生的看法：「先天下之憂而憂，後天下之樂而樂」，無論如何，在國家有難的時期，知識分子應該先站出來，人人得到滿足後才滿足。這句雖然簡單但是前面用了很長的篇幅去形容四時景物和早晚的景色變化，最後是人生的看法，而范仲淹也確實做到了。

當中，我個人最喜愛蘇東坡。詞本是婉約派，以抒發感情為主。可去到蘇東坡之時，氣魄一改。「大江東去浪淘盡，千古風流人物。」一唸便氣勢磅礴，不得不佩服他駕馭文字的能力。他經過生活的困擾、仕途的波折，而當中仍是悠然自得，如此胸襟更讓人佩服。就算去到黃州當團練副使，他也是做得開心，不管任何地方，他也是認真做事。所以去到海南島，他衣着變得很奇怪，既穿當地人服飾，亦會穿士人服飾，這令當地人容易親近他，同時不失宋代士人的氣質。由《念奴嬌 · 大江東去》這一首詞，你可以看到蘇東坡整體性格和生命的結合。在他看來，凡事終將過去，不需太着重，我相信蘇東坡是這樣想的。縱然腰纏萬貫，又有誰能帶走分毫？蘇東坡背後便是有這種道德情操，所以他對於逼害、貶謫比較能看得開。

我們去教這些文章時，一定要想想，希望傳遞到哪些東西。不僅僅停留在字句的解釋，而是把作者的思想境界表現給學生。

附錄二：
《亞洲週刊》專訪（節錄）

專訪：孔聖堂中學校長楊永漢
中史教育建立文化與身份認同

記者：袁瑋婧、江迅

（2016年12月11日第30卷49期）

中史教育是無形的國民教育，令年輕人了解自己文化和歷史的根源，從而建立文化與身份認同。

孔聖講堂建於1953年，是當年香港文化界重要集會之地。這所有六十餘年歷史的中學「希望在此世道日衰的社會，重新檢視中國傳統的道德價值，為社會栽培有道德感的公民，以正社會歪風」。走進楊永漢的校長室，書架和書桌上都擺滿歷史與國學書籍。專修歷史並對中史懷有強烈感情的楊校長前不久與《亞洲週刊》談起中史科改革時，情緒激憤。近年專修中史的人愈來愈少，「我覺得中史變成一個死亡科目，沒有人讀。」楊永漢痛心道。

楊永漢説道:「因為中史教育其實是無形的國民教育，無論你是否喜歡國民教育這個名詞，這的的確確是個國民教育，能讓學生建立對中華文化的感情，以及對中國深層次的認識。」這麼多年過去了，這群新生代青年拒絕承認自己是中國人，中史教育難辭其咎。楊永漢在七十年代末期前從未到過中國內地，但因為一直專修歷史，對中國及中華文化都懷有深厚感情，「大躍進和文化大革命這些運動我也都很反感，但我沒有否認過自己是中國人。黨和政府怎麼變都好，土地和血緣是不能拒絕的。」楊永漢表示，學習歷史令他們了解自己文化和歷史的根源，從而建立起文化認同和身份認同。

中史課目前的沉悶並不應該以刪減治亂興衰來解決，在楊永漢眼中，需要改革的是歷史教學的教育方式。很多老師僅僅是流於史實表面的教學，單單講故事本身，並未深入到故事背後的脈絡紋理。如單單講述岳飛如何抗敵如何犧牲是不行的，引導學生明白岳飛是如何在特定的歷史環境中被建構出來成為一個民族英雄，讓學生明白在中國傳統道德之內才有岳飛這個人的出現，這樣的教學會讓學生更多領悟到歷史的趣味。要理解歷史發展和社會之間的緊密聯繫，才是真正在教歷史。

這顯然更體現了專科專教的重要性。很多學校的歷史課根本是由非專修歷史的老師兼職授課，如果老師對中華民族和中國歷史沒有很深的感情，缺乏感染力，學生也會對這一科興趣泛泛；如果老師沒有專業背景，在教學方式和教學內容上就會有所疏漏。「我專修歷史，熟悉中華民族發展的整體脈絡，授課時自然與對中國歷史沒有研究的人完全不同，學生聽的時候會感覺到，中華文化的整體性是強於個體性的。」孫中山在成立同盟會時提出「驅逐韃虜，恢復中華」的口號，那時還將滿族人視為外來侵略者，但民國成立之後，將口號轉為「五族共和」，普遍國人的意識也已經接受滿族人也是中國人，這正是傳統中國文化中的整體性和包容性。從中史發展中，能感受到中華民族整體性很強，所以融合性非常大。如果學生能夠接受一個好的中史教育，意識到這一點，香港或許就不會走到目前分裂的狀況。

附錄三：《灼見名家》專訪（節錄）

（上網日期：2019 年 8 月 23 日）

弘揚儒家精神 開拓國際視野

「我希望學生有儒家思想的精神，並具有國際視野，能看透國家和世界發展，從而使個人得以發展。」2012 年，楊永漢博士接任孔聖堂中學校長後，保留傳統儒家思想，但傳統之餘不會過度保守，着力擴闊學生的國際視野。短短七年內，學生公開試成績得以提升，學生品行得到廣泛的認同。

重視傳統德育 改善學生操行

楊校長是新亞研究所出身，聽過牟宗三教授的課，受樹仁大學湯定宇老師影響，接觸儒家思想。楊校長初來孔聖堂中學時，學生素質較為一般，操行也不太理想，於是着手改善學生的操行。「我剛來孔聖堂的時候，親自接見全校較頑皮的十多個學生，並親自檢查功課，以及安排每星期見面一次，談談本星期發生過甚麼事。」

學校不會動輒懲罰學生，而是希望透過教化，希望學生改過。「有些學生經常遲到，學校有輔導組和訓導組慢慢跟進，希望學生能夠戒除壞習慣。學生遲到三次就記一個缺點。三個缺點即遲到九次，就必須見家長。最嚴重是要向校長解釋。希望學生做到守時和尊重學校。」

學校氣氛在短時間之內改善，學生普遍操行改善了，甚少學生被記大過。

學生孝順父母 尊師重道

楊校長特別重視孝道，經常對學生強調孝順父母很重要。每年派成績表當天，學生向父母獻茶，報答養育之恩。

他認為孝順父母，並不是指父母的話即使錯了也要聽，而是不希望大家互相爭吵。因為父母和子女各有自己的立場。如果子女嚴重反對父母的立場，則要靜下來才談。「我偏向子女跟隨父母的意見，父母的勸誡往往比較為子女着想。」

孔聖堂中學重視尊師重道。楊校長反對學生駁嘴，反對學生經常批評老師不公平。他建議學生要冷靜地發表意見，但不要爭吵。如果學生覺得不公平時，跟班主任、校長說，校方會處理。「隨便用自己的立場批評老師不公平，反而對老師不公平。」

接收非華語學生 務求學校國際化

接觸世界是楊永漢校長的教學理念，希望學生不要困在學校裏，眼界要闊。「我來孔聖堂第一天，向學生演講時，我勸喻學生離開銅鑼灣，跳出香港，進入世界。現在已經讀大學的校友都記得我這番話。」

楊校長上任後，接收非華語學生，親自聯絡世界各地不同的中學，舉辦交流活動，包括德國、丹麥、美國。「我希望提高學生的閱歷，而且學生接觸不同的民族，胸襟會闊一點。」

希望各省都有一所儒家思想學校

談到孔聖堂中學未來的發展，楊永漢除了希望學校繼續營運外，希望國內有更多儒家思想的學校。「我自己的心願是，如果孔聖堂有足夠的資源，在國內每一個省都希望有一所推行儒家思想的中學或小學。如果孔聖堂能夠做到，將直接影響中國整體的社會。」

書　　名　叮嚀與棒喝——校長的説話

作　　者　楊永漢

策　　劃　林苑鶯

責任編輯　彭　懿

美術編輯　楊曉林

出　　版　天地圖書有限公司
香港黃竹坑道46號
新興工業大廈11樓（總寫字樓）
電話：2528 3671　傳真：2865 2609
香港灣仔莊士敦道30號地庫（門市部）
電話：2865 0708　傳真：2861 1541

印　　刷　美雅印刷製本有限公司
香港九龍官塘榮業街 6 號海濱工業大廈4字樓A室
電話：2342 0109　傳真：2790 3614

發　　行　香港聯合書刊物流有限公司
香港新界荃灣德士古道220-248號荃灣工業中心16樓
電話：2150 2100　傳真：2407 3062

出版日期　2021年6月 初版 · 香港

ISBN : 978-988-8549-69-6